Robert Maisert | Urlaub mit Gegenwind

AF235911

Robert Maisert

Urlaub mit Gegenwind

Roman

Die bibliografische Information der Deutschen Nationalbibliothek

Die Deutsche Nationalbibliothek verzeichnet diese Publikation in der Deutschen Nationalbibliografie; detaillierte bibliografische Daten sind im Internet über www.d-nb.de abrufbar.

Einbandabbildung: © Robert Maisert
Herstellung und Verlag: BoD – Books on Demand, Norderstedt
© Robert Maisert 2021
ISBN 978-3-7543-4376-0

Viel freie Zeit

»So, die Prüfungszeit ist vorbei. Bitte legen Sie die Stifte weg, bleiben Sie noch sitzen, bis wir alle Aufgaben eingesammelt haben, und verlassen Sie ruhig das Gebäude, um den Unterricht der anderen Klassen nicht zu stören.«

Tom war erleichtert. Der monatelange Stress mit dem Abi gehörte endlich der Vergangenheit an. Nun konnte er tun und lassen, was er wollte, bis Mitte Oktober das Wintersemester an der Uni begann. Beschwingt verließ er das Schulgebäude und steuerte auf den Parkplatz zu, als ihm eine vertraute Stimme zurief: »Halt, hiergeblieben, Tom, du darfst dieses Gelände nicht verlassen, ohne vorher ein Bier mit uns getrunken zu haben!«

»Hi Armin! Ja gern, aber nur eins, ich muss noch fahren.«

Armin aus der Parallelklasse reichte Tom ein Bier aus dem Kasten, den er im Kofferraum seines VW Golf stehen hatte, und erhielt im Gegenzug eine Zigarette von Tom.

»Also, auf uns!«

Tom zog zufrieden an seiner Zigarette und

nuckelte an seinem Bier, als ihn erneut jemand ansprach. Es war Lothar, ebenfalls ein Mitschüler aus der Parallelklasse.

»Hey Tom, wegen Dienstag weißt du Bescheid?«

»Servus! Na klaro. Ich fahr ja mit dem eigenen Wagen. Ich sag es dir, ich freu mich so richtig drauf, das Baby zum ersten Mal über die Autobahn zu jagen, meinen Audi A3.«

»Das glaub ich dir, ist ein neuer, oder?«

»Nicht ganz, ein Jahreswagen, aber ein super Schnäppchen, voll ausgestattet, hast ihn ja schon mal gesehen, oder?«

»Jo, geiles Teil. Gut, ich muss los, dann genieß die nächsten Tage noch ein wenig, wir sehn uns.«

»Alles klar, Dienstagmorgen acht Uhr hier auf dem Parkplatz!«

Am kommenden Dienstag stand die inoffizielle Abireise auf die kroatische Halbinsel Istrien auf dem Programm. Da die Langweiler aus der eigenen Klasse nichts in diese Richtung organisiert hatten, entschied sich Tom, mit der Parallelklasse zu verreisen, um nach den Strapazen der letzten Wochen ein wenig Spaß zu haben – Party sozusagen. Was ihn besonders freute: Die Susi, die er schon immer gern mochte, war auch dabei. Nun hätte er endlich die Gelegenheit, sie eventuell in ungezwungener Atmosphäre besser kennenzulernen, und wer weiß, vielleicht würde ja noch mehr daraus. Dass Tom eine ganze Suite zum Preis eines Einzelzimmers erhalten hatte, traf sich zudem sehr gut, man wusste ja nie, wozu er diese noch brauchen konnte. Nun freute er sich so richtig auf die gemeinsamen Tage im Süden.

Nach dem kurzen Bier auf dem Parkplatz fuhr er in Richtung Heimat, um dort zu überlegen, was er an seinem ersten freien Tag nach langer Zeit noch machen würde. Tom lebte zusammen mit seiner Familie in Mühldorf am Inn, einer Kleinstadt in Oberbayern, wo man sehr zentral wohnte und die schönsten Ecken Bayerns oder auch Österreichs wie zum Beispiel Salzburg in kürzester Zeit mit dem Auto oder der Bahn erreichen konnte. Auch wenn er wusste, dass er des Studium wegen bald von hier wegziehen würde, und sich darauf auch freute, genoss er die Vorzüge eines Lebens in dieser Stadt.

Zu Hause angekommen musste er nun nur noch sein Auto sicher abstellen, seine Eltern und seinen ältesten Bruder verabschieden, die bereits selbst im Begriff waren, in ihren Urlaub an der Ostsee aufzubrechen, noch etwas Geld für die eigene Reise »erbetteln«, und dann konnten auch schon Nägel mit Köpfen gemacht werden. Toms Vater war sehr großzügig, er vertraute ihm seine Kreditkarte mit Geheimzahl an, damit er genügend Geld zur Verfügung hatte und auch zwischendurch mal etwas abheben konnte. Nun, nachdem seine Eltern abgereist waren, war alles erledigt und er hatte endlich sturmfreie Bude.

Es vergingen keine zehn Minuten nach der Abreise der Eltern, als plötzlich ein Auto um die Ecke gefahren kam. Es war der Wagen von Klaus und auf dem Beifahrersitz saß Jonas. Die beiden waren gute Freunde von Tom, keine Schulfreunde, sondern Bekannte seines Bruders, mit denen er sich im Laufe der Zeit angefreundet und schon viel unternommen hatte. Sie hatten Tom bereits im Vorfeld angedroht, dass nach den Prüfungen eine Überraschung auf ihn warten würde, aber er konnte sich keine Vorstellung machen, wie sie aussehen würde. Nun parkte das Auto vor dem Haus und die beiden stiegen aus.

»Überraschung!!! Hi Tom, wie is´ es gelaufen?«

»Hey, das ist ja toll, dass ihr da seid! Die Prüfungen waren okay, mal sehen, wie es wird.«

»Super! Wir dachten uns, wir wollen dir beim Feiern ein wenig Gesellschaft leisten«, antwortete Klaus.

»Das freut mich jetzt echt riesig, aber müsst ihr denn nicht arbeiten?«

»Wo denkst du hin? Es ist Freitag und da wird die Kanzlei mittags geschlossen, genau wie bei Jonas.«

»Wir haben etwas für dich«, zwinkerte Klaus.

Klaus öffnete den Kofferraum seines Opel

Vectra und Tom traute seinen Augen nicht: Dieser war vollbeladen mit einer Kiste Bier, einer anscheinend gut gefüllten Kühlbox, einem großen Sack Holzkohle und einem Grill.

»Hey Jungs, das ist ja klasse, kommt rein, meine Eltern sind im Urlaub, wir haben also das Haus und den Garten für uns. Den Grill könnt ihr im Auto lassen, ich hab einen super Barbecuegrill, also herein.«

Der Grill wurde angeheizt, die ersten Biere geöffnet, Tom legte Partymusik im Garten auf und innerhalb kürzester Zeit herrschte ausgelassene Feierstimmung. Langsam brach die Dämmerung herein.

»Was hast du jetzt eigentlich die nächste Zeit so alles vor?«, wollte Jonas von Tom wissen.

»Ach nichts Besonderes, ab Dienstag nur eine Woche nach Kroatien.«

»Das nennst du nichts Besonderes? Das ist ja voll cool, lass es da mal so richtig krachen. Wo bist du da genau und mit wem?«

»In Rovinj, Istrien.« Tom erzählte, wie es dazu gekommen war.

»Ja wie cool ist das denn? Rovinj, da kannst du es wirklich krachen lassen, da gibt es einiges zum Weggehen und so weiter, das wird dir gefallen!«

»Hoffen wir es.«

»Ach komm schon. Ich glaube, du musst wieder öfter weggehn, damit du auf den Geschmack kommst«, appellierte Klaus an Tom. »Komm, wir fahren jetzt in die Dancehall, damit du dich so richtig einstimmen kannst.«

Da Tom nichts Besseres vorhatte und der Abend zu jung war, um schon Schluss zu machen, war er einverstanden. Die drei Jungs bestellten sich ein Taxi und fuhren, bereits etwas angeheitert vom vielen Bier, in die Großdiskothek, die nur fünf Kilometer von Toms Zuhause entfernt war. Ihr erster Weg führte sie an die Bar, wo sie sich einen Pitcher mit Bier und drei Gläser orderten.

»Prost, Jungs, heute lassen wir es so richtig abgehen!«

»Jawoll, Tom, Prost! Sag mal, wie findest du denn die Dunkelhaarige da drüben?«, fragte Klaus.

»Die sieht schon scharf aus.«

»Komm, mach sie klar, trau dich!«, feuerten die beiden Freunde Tom an.

Enthemmt vom Alkohol ging Tom kurz entschlossen auf die Frau zu und versuchte einen kleinen Flirt zu beginnen. Mit einer kurzen Handbewegung winkte sie jedoch ab und forderte Tom auf, zu verschwinden, ohne dass er auch nur die geringste Chance hatte, ein Wort mit ihr zu wechseln. Äußerst deprimiert kam er zurück an die Bar.

»Was war das?«, wollte Jonas wissen.

»Das war nichts, ich hatte nicht einmal die Chance, sie zu begrüßen.«

»Na, mach dir nichts draus Tom, einen Versuch war es wert«, tröstete Jonas.

»Ich hab kein Glück bei Frauen«, lamentierte Tom.

»Ach, red doch keinen Unsinn«, erwiderte Klaus. »Freu dich doch lieber auf deine Abifahrt, was glaubst du, was da alles geht? Ich freu mich für dich, du wirst so viel Spaß haben und da ist sicher auch eine Hübsche und Nette für dich dabei, wirst sehen.«

»Hoffen wir es«, antwortete Tom.

»Aber sicher, komm, nun setz dich, trinken wir noch eine Runde!«, schlug Klaus vor und bestellte drei Gin Tonic.

Die drei blieben in der Disco, bis sie gegen fünf Uhr schloss. Es war bereits taghell, als sie mit dem Taxi bei Tom zu Hause ankamen. Da alle getrunken hatten, machte Tom seinen Gästen die Couch zurecht und ließ sich erschöpft, aber glücklich ins Bett fallen. Er schlief sofort ein, dieses Gefühl war herrlich, keine Verpflichtungen, einfach nur tun und lassen, worauf man Lust hatte. Am nächsten Tag sollte es weitergehn, ein kleiner Ausflug am Samstagnachmittag nach Salzburg zum Shopping stand auf dem Programm, denn schließlich musste sich Tom noch mit stylischen Klamotten und so weiter für die Reise eindecken und wollte außerdem die Atmosphäre der Stadt bei herrlichem Wetter genießen. Dass ihn hierbei seine beiden Freunde, die zudem sehr verkatert waren, nicht begleiteten, machte ihm nichts aus. Er unternahm zwischendurch auch mal gern Ausflüge ohne Gesellschaft, er konnte das genießen. Tom wusste, wie man sich das Leben angenehm gestaltete, wenn er genug Zeit und Geld zur Verfügung hatte. Seine Vorfreude auf Kroatien wurde größer, je näher die Reise rückte.

Zu diesem Zeitpunkt wusste er noch nicht, dass diesbezüglich eine böse Überraschung auf ihn wartete …

Getrübte Vorfreude

Das Handy klingelte. Tom, der noch im Bett lag, griff verschlafen auf seinem Nachttisch danach.

»Hallo?«

»Hey Tom, hier spricht Lothar.«

»Servus, was gibt es denn so Wichtiges, dass du am Sonntag schon um neun Uhr anrufst?«

»Du, wir haben ein Problem! Ich habe gestern mindestens viermal vergeblich versucht, dich zu erreichen.«

»Sorry, Lothar, aber wenn ich mal ein paar Stunden für mich sein will, schalte ich auch mal das Handy aus. Noch dazu war ich in Österreich und da muss ich ja dann auch zahlen, wenn ich angerufen werde. Egal, sag schon, was ist so wichtig?«

»Felix will jetzt doch mit auf unsere Abifahrt!«

»Hast du ihm nicht gesagt, dass das nix für ihn ist?«

»Ich hab es versucht, aber er lässt sich nicht davon abbringen, er meint, das sei eine Fahrt für die Klasse und da gehört er nun mal dazu, womit er ja auch wieder recht hat.«

»Aber wo liegt nun das Problem? Gut, ich bin

nicht sonderlich scharf darauf, dass der jetzt auch mitfährt, aber ich werd ihm einfach aus dem Weg gehen.«

»Ja schon, aber er muss irgendwo schlafen und unsere Autos sind auch schon voll besetzt.«

»Ach, und da soll ich …?«

»Ja, du bist der Einzige, der noch Platz im Auto hat und der allein ein Appartement mit drei Betten belegt und dabei noch nicht einmal zu unserer Klasse gehört, bedenk das mal. Du hast schließlich das Zimmer sehr günstig bekommen und da wär es schon angebracht, dass du uns ein wenig entgegenkommst.«

»Nee, also das kannst du gleich mal knicken. Das habt ihr euch ja schön ausgedacht, mir diesen unangenehmen Kerl aufs Auge zu drücken, das kann doch nicht dein Ernst sein!«

»Ach, so ist das. Also, wenn es ein so großes Problem für dich ist, dann bekommst du die Wohnung eben nicht und bleibst daheim. Überleg es dir, ich geb dir bis heute Abend achtzehn Uhr Bedenkzeit, dann vergeb ich die Wohnung anderweitig und du kriegst deine Anzahlung zurück, wenn ich bis dahin nichts von dir höre. Ich hab auch noch andere Interessenten, denen ich deinetwegen zunächst abgesagt habe, also überleg es dir gut, tschüss!«

Na Mahlzeit! Er sollte den Felix, den Banknachbarn aus dem letzten Schuljahr, dem er den

16

Spitznamen Fischkopf verpasst hatte, eine Abwandlung seines Nachnamens Fischhauser, im Auto mitnehmen und noch dazu bei sich wohnen lassen. Felix hatte Tom im Verlauf der zwei Schuljahre oft genug verärgert, außerdem wusste Tom genau, dass Felix ihn ebenso wenig mochte. Diesen Trottel sollte er jetzt also die gesamte Anreise über ertragen und auch noch die Suite mit ihm teilen. Wäre es nicht so kurzfristig gewesen, hätte Tom absagen und eine andere Reise buchen können, aber nun auf die Schnelle etwas Passendes zu vernünftigen Preisen zu finden war so kurz vor Beginn der Hauptsaison aussichtslos. Außerdem war es öde, allein zu verreisen. Und gerade jetzt nach den Abiprüfungen auf Urlaub zu verzichten ging schon mal gar nicht.

Der Fischkopf war ein Ekelpaket durch und durch. Er war sehr klein von Gestalt und hatte eine ziemlich hohe, unangenehm klingende Stimme. Sein Gesicht mit dem zynischen Grinsen war so richtig zum Reinhauen. Aber sein Aussehen war nicht das Hauptproblem, sondern seine undankbare, arrogante Art. Arm war er in finanzieller Hinsicht ganz und gar nicht. Sein Vater hatte als Sohn eines Landwirtes gemeinsam mit seinen Geschwistern ein großes Stück Land geerbt, das sie gewinnbringend verkaufen konnten, und hatte somit eigentlich neben seinen Einkünften aus seiner Arbeit als Busfahrer genug Geld für sich und seine Familie zum Leben. Trotzdem war er zu knauserig, sich ein ordentliches Auto zu kaufen. So fuhr er einen alten Fiat, der schon fast auseinanderzubrechen drohte, und war zudem ziemlich schrullig und altmodisch gekleidet. Diese Einstellung hatte er offenbar auch an seinen Sohn vererbt, was sich darin äußerte, dass Felix seinen Mitschülerinnen und Mitschülern ständig vorspielte, wie arm er doch war, und bei jeder Gelegenheit bei ihnen schnorrte. Er verstand es, seine Mitmenschen mit extrem ausgeprägtem Selbstmitleid einzuwickeln. Ständig jammerte er, wie schlecht es ihm gehe, wie benachteiligt er doch sei, weil ihn keiner mochte, und war der Meinung, jeder müsse ihm helfen. Aber jeder, der sich seiner zu intensiv annahm, bereute es bald, denn sobald sich der Fischkopf sattelfest fühlte, wurde er frech und behandelte sein Umfeld wie Dreck. Er schien noch dazu ein Frauenhasser zu sein, obwohl sich einige von ihnen sehr um ihn bemühten und ihn nett behandelten. Dies äußerte er, indem er häufig obszöne Witze und anderweitige abfällige Bemerkungen über Frauen machte. So brachte er zum Beispiel mal eine Mitschülerin, die sich unbewusst im Schritt kratzte, in eine schrecklich peinliche Situation, indem er sie fragte, ob es sie an der Muschi juckte. Ebenso verklickerte er seinen Mitschülerinnen, dass sie von bestimmten Dingen keine Ahnung hätten, da sie sich zum Pinkeln hinsetzen müssten. Offenbar merkte er nicht einmal, dass er niemandem mit seinen blöden Sprüchen imponierte und lediglich bei seinen Mitmenschen aneckte. Niemand außer ihm fand seine Kommentare witzig. Vielleicht war es ihm auch völlig egal und empfand es als Genugtuung, wenn er seine abfälligen Bemerkungen äußerte und so jeder wusste, wie er dachte. Er fühlte sich offenbar als absoluter Außenseiter durchaus wohl.

Tom hingegen sah sich als sympathischen, intelligenten jungen Mann. Man konnte auch nicht gerade sagen, dass er hässlich war. Er war ziemlich groß und schlank. Bei der Wahl seiner Kleidung versuchte er immer mit der Mode zu gehen. Man sah ihn meist in Jeans und modischen Hemden, seine Haare gelte er immer ein wenig und bei sonnigem Wetter trug er meist eine angesagte Markensonnenbrille. Sein neues Auto, welches er erst vor knapp drei Wochen bekommen hatte, war sein ganzer Stolz. Schon immer wollte er einen schwarzen Audi A3 mit Sportausstattung haben. Diese beinhaltete sportliche Fünfsternalufelgen, schwarz getönte Heckscheiben, ein tiefergelegtes Fahrgestell und noch einiges mehr. Da er sowieso ein neues Auto brauchte, zudem kürzlich eine größere Summe Geld von seinem leider zu früh verstorbenen Onkel geerbt hatte, konnte er nun die Gelegenheit wahrnehmen und sich seinen

Traum erfüllen. Und trotzdem, auch wenn er ein nicht gerade hässlicher junger Mann war und in materieller Hinsicht alles besaß, was er brauchte und ihm sein Leben angenehmer machte, war er häufig unzufrieden mit seinem bisherigen Leben. Mit seinen 20 Jahren war er immer noch Single, außer einer kurzen Romanze hatte er bisher kein Glück bei den Frauen gehabt. Ähnlich war es mit seinem Freundeskreis. Auch wenn es durchaus einige gab, die ihn mochten, war er nicht unbedingt der Typ, der bei jedem gleich gut ankam. Dies lag vielleicht auch daran, dass er, gerade in Bezug auf seine Klassenkameraden, bereits viel reifer war als die meisten von ihnen. Tom konnte zwar nicht verstehen, warum ihn viele ablehnten, aber es war leider nun einmal so, dass er von vielen einfach nur als komisch eingestuft wurde, als jemand, mit dem man sich nicht umgeben wollte. Aufgrund dieser Tatsache war er häufig traurig und deprimiert, was er jedoch niemals an anderen Personen ausließ. In der Regel behandelte er die Menschen höflich und zuvorkommend, was vor allem die reiferen Generationen sehr an ihm schätzten. Aber was nützte ihm das, er wollte ja überwiegend Kontakte mit Gleichaltrigen beziehungsweise Jüngeren pflegen, nicht mit älteren Personen.

Auch den Fischkopf behandelte er zunächst, als er ihn noch nicht so gut kannte, mit dem nötigen Respekt, was dieser jedoch nicht honorierte und lediglich ausnutzte. Auch wenn er Toms Hilfen sehr gern in Anspruch nahm, hielt er nicht wirklich viel von ihm, ganz im Gegenteil, für ihn war er nur ein Trottel, welchen er jedoch zur Erfüllung seiner Zwecke benötigte. Als Tom das herausbekam, wollte er den Kontakt zu Felix in diesem letzten Schuljahr auf ein Minimum reduzieren, nicht zuletzt aufgrund der Erfahrungen, die er in letzter Zeit mit diesem Menschen gemacht hatte.

So rief Felix ihn zum Beispiel einmal in den Sommerferien an, er würde gern mal zum Grillen vorbeikommen, da sonst die Ferien vorbei wären, bevor sie irgendetwas zusammen gemacht hätten. Tom glaubte zunächst an nichts Böses und lud ihn also zum Grillen ein. Was er zu diesem Zeitpunkt noch nicht ahnte, der einzige Zweck dieser Zusammenkunft war es, Tom für eine Geschäftsidee, ein sogenanntes Direktmarketing, zu gewinnen, woran er jedoch keinerlei Interesse hatte und dies Felix am Telefon auch bereits gesagt hatte. Er dachte also, die Sache wäre erledigt, und machte sich an die Vorbereitung für das Grillen, schnitt Holz mit der Motorsäge klein, um ein schönes Feuer im Gartenkamin anzuzünden, stellte Getränke kühl, machte Salat und würzte das Grillfleisch.

Als nun der Abend gekommen war, erschien

der Fischkopf jedoch nicht allein, sondern gemeinsam mit seinem geldgierigen Vater, der ebenfalls für die Briefkastenfirma tätig war. So saßen sie nun alle drei am Tisch und »Vater und Sohn« versuchten Tom für eine absolut unseriöse Geschäftsidee, eine Art Pyramidensystem, zu gewinnen. Bei dieser Sache ging es darum, neue Agenten zu finden, die sich im Vertrieb von Haushaltswaren engagierten und wiederum neue Agenten warben. Was Tom ärgerte, die beiden wollten ihn wirklich für blöd verkaufen, unterstellten ihm, nicht zu wissen, was die IHK war, obwohl er mit seiner abgeschlossenen Banklehre selbst über einen IHK-Abschluss verfügte, und glaubten, er würde dieses betrügerische System nicht durchschauen. Sie versprachen ihm das große Geld und andere Prämien, wie zum Beispiel eine Reise in die USA für die besten Agenten. Tom bemerkte schon bald, dass die beiden ihn für absolut unterbelichtet hielten. Als er kurz ins Haus ging, um das Grillbesteck zu holen, hörte er deutlich, wie Felix und sein Vater über ihn lästerten und der Vater hämisch dazu lachte.

Toms Eltern, welche zunächst nicht hatten dazustoßen wollen, setzten sich, als sie mitbekamen, wie genervt ihr Sohn von den Gästen war, nun doch dazu und machten so die Atmosphäre des Abends etwas erträglicher. Aber damit war die Sache noch nicht beendet. Als die beiden »Vermittler« merkten, dass ihr Gegenüber kein Interesse an ihren Geschäften hatte, begann Felix, Tom auf eine andere Weise zum Idioten abzustempeln. Er lenkte das Gespräch auf die Prüfungen für das Fachabitur, welches die beiden in diesem Sommer wenige Wochen vor diesem Treffen geschrieben und auch bestanden hatten. Er lobte sich selbst, wie gut er in Mathe und Wirtschaft war, sein Versagen in Deutsch rechtfertigte er damit, dass die Prüfungsaufgaben so schwer zu verstehen gewesen seien, aber dann kam er auf Toms Ergebnisse zu sprechen. Er erklärte, dass er ehrlich gesagt nicht damit gerechnet hätte, dass Tom das Fachabitur bestehen würde, da er doch während des Schuljahres vor allem in Mathe immer grottenschlecht gewesen sei. Nach diesem Kommentar war der Ofen endgültig aus. Hatte dieses Ekelpaket doch die Frechheit, ihn als Idioten abzustempeln, noch dazu im Beisein seiner Eltern – dass er sich nicht schämte! Nach dieser Unverschämtheit hätte Tom seinen ungeliebten Besuch am liebsten sofort rausgeworfen, aber das war nun einmal nicht seine Art.

Nach dem Essen jedoch machte sich die Familie Niederhuber gemeinsam daran, ihren Gästen indirekt klarzumachen, dass es nun Zeit für sie wäre, nach Hause zu gehen. Es wurde nichts mehr nachgeschenkt, als die Gläser der beiden leer waren, obwohl noch genug Getränke vorhanden gewesen wären, der Tisch wurde im Beisein der Gäste abgeräumt und gesäubert, anderweitige Aufräumarbeiten wie zum Beispiel das Säubern des Grills wurden begonnen, und die Freundlichkeit dem unangenehmen Besuch gegenüber reduzierte sich stark, was zum Beispiel daran zu erkennen war, dass sie bei den folgenden Gesprächen sehr kurz angebunden waren. Gegen 21.30 Uhr brachen die beiden endlich auf, sodass der angenehme Teil des Abends beginnen konnte.

Als Konsequenz auf dieses Ereignis beschloss Tom, diesem ungehobelten Kerl samt seiner Familie künftig so weit wie möglich aus dem Weg zu gehen. Noch Wochen danach ärgerte er sich über die Frechheiten, die sich der Fischkopf an diesem Abend erlaubt hatte.

Doch es kam noch schlimmer. Im Laufe des darauffolgenden Schuljahres, in welchem nun das allgemeine Abitur bevorstand, bekam Tom an einem Samstagvormittag völlig unerwartet einen Anruf von einem Agenten einer Versicherungsagentur, die von Felix Fischhauser den Tipp bekommen hatte, dass Tom über eine abgeschlossene Banklehre verfügte und deshalb der ideale Mann für die dubiosen Geschäfte der Agentur wäre. Natürlich versprach man ihm wie immer, dass er die Chance hätte, innerhalb kürzester Zeit viel Geld zu verdienen. Zufällig wusste Tom, dass der Fischkopf seit einiger Zeit für diese Agentur als nebenberuflicher Vermittler tätig war, obwohl er keine Ausbildung in diesem Bereich und von der Materie auch nicht die geringste Ahnung hatte. Wie es aussah, hatte ihn der Bengel ein zweites Mal über den Tisch ziehen wollen. Er hielt sein »Opfer« wohl für derart naiv, dass er die unseriöse Geschäftspraxis solcher Agenturen nicht durchschauen würde, die einen schuften ließen, um ihren Schrott an gutgläubige Kunden zu verkaufen, die auf der Suche nach der richtigen Absicherung und Anlagestrategie waren, und diese um ihr Vermögen zu bringen. Noch dazu wurden die angeworbenen Vermittler häufig mit unseriösen Arbeitsverträgen um einen Großteil ihres Lohnes betrogen.

Dass der Fischkopf diesen Schwindel nicht durchschaute, sah Tom als *sein* Problem, dass er jedoch die Frechheit hatte, ohne sein Wissen seine Daten weiterzugeben und ihn somit in die Sache hineinziehen zu wollen, war unverzeihlich. Gleich am Montagmorgen schnappte er sich den Knaben, als er sein Klassenzimmer betreten wollte, und forderte ihn auf, solche Aktionen künftig zu unterlassen, da dies sonst empfindliche Konsequenzen für ihn hätte. Missmutig versprach ihm Felix, künftig seine privaten Daten nicht mehr zu verwenden. Tom war sich zwar bewusst, dass er in einer derartigen Situation rechtlich keine Handhabe gegen seinen »Freund« gehabt hätte, aber das machte ja nichts; solange er ihn mit diesen leeren Drohungen einschüchtern konnte, war ihm das absolut recht. Eigentlich wollte er das Kapitel Fischkopf mit dem Ende des Schuljahres nun endgültig abhaken, müsste er nicht jetzt noch auf der bevorstehenden Reise mit diesem Büffel auskommen. Die Abifahrt war eigentlich dazu gedacht, ein wenig Spaß zu haben und sich von den Strapazen der letzten Monate zu erholen, aber durch die geänderten Umstände schien dies nun gefährdet. Er hätte doch lieber nach Kreta fliegen sollen, wie er zunächst überlegt hatte. Er hatte ein Angebot für einen Cluburlaub im Internet gefunden, wofür dann jedoch letztlich sein Geld nicht ganz reichte. Nun bereute er, dass er nicht gebucht hatte. Unter Umständen hätte ihm sein Bruder, der finanziell gut gestellt war, einen Reisekostenzuschuss bezahlt, wenn er ihn danach gefragt hätte, aber Tom dachte sich dann, dass er sein ganzes Leben noch nach Kreta reisen konnte, aber eine Abschlussfahrt nur einmal im Leben möglich war, und somit verschob er die Flugreise auf unbestimmte Zeit. Diesen Entschluss bereute Tom nun so richtig, denn wenn er geflogen wäre, hätte er sicher mehr Spaß gehabt als in Kroatien mit einem Menschen, dem er sich eigentlich auf hundert Meter nicht mehr nähern wollte.

Tom stand nun, da er sowieso nicht mehr schlafen konnte, unter der Dusche und dachte über die Sache nach. Je mehr er sich den Kopf zerbrach, umso missmutiger wurde er. Etwas später, als er nach dem Frühstück bei einem Espresso und einer Zigarette auf der Terrasse saß, kam ihm eine Idee. Er würde einfach mal nacheinander seine beiden Freunde, mit denen er noch vor zwei Tagen gefeiert hatte, anrufen und fragen, was sie in seiner Situation machen würden.

Jonas hatte volles Verständnis für die Unlust seines Freundes, unter diesen neuen Bedingungen an der Reise teilzunehmen. Er appellierte dann jedoch an Tom, er solle sich den Spaß nicht verderben lassen und Felix in Kroatien einfach aus dem Weg gehen, denn er wohne zwar bei ihm im Appartement, sei jedoch für sich selbst verantwortlich. Tom solle darauf achten, dass sie innerhalb des Appartements getrennte Zimmer hatten, und sich das Zimmer mit einem Doppelbett nehmen, falls es das gab. Innerhalb der Wohnung sollte eine strikte Trennung der Wohnbereiche herrschen.

Klaus, mit dem er später noch telefonierte, gab ihm ähnliche Ratschläge.

Schweren Herzens griff Tom nun also zum Handy und rief Lothar an.

»Hi Tom!«

»Hi Lothar, machen wir es kurz, also gut, ich nehm den Felix mit und er kann bei mir wohnen.«

»Ja super Tom, ich habe gewusst, dass du uns nicht im Stich lässt.«

»Aber ich bitte dich, ihn ordentlich zu impfen, dass er mir keine Schwierigkeiten bereiten soll! Ich werde von meinen Gewohnheiten, die ich im Urlaub pflege, nicht abweichen und mich wegen ihm auch nicht sonderlich einschränken!«, appellierte Tom.

»Das brauchst du auch nicht, wir sind ja auch noch dabei. Du wirst sehen, das ist halb so wild, das kriegen wir schon hin!«

Für Tom war diese Zusage von Lothar nur ein schwacher Trost, weil er sich genau vorstellen konnte, wie das dann konkret aussah. Er hatte sich also für den Fischkopf entschieden. Um dies verarbeiten zu können, brauchte er jetzt erst einmal einen Whiskey. Nicht, dass er viel Alkohol trank – und zu dieser Uhrzeit normalerweise überhaupt nicht –, aber in dieser Situation war es einfach nötig.

Abreise

Tom war nervös. Es war Dienstag, der 25.06., der Tag, an dem es auf die Reise gehen sollte. In der Nacht hatte er kaum schlafen können – weniger aus Besorgnis, dass das mit der Reise nicht klappen könnte, als vielmehr aus Sorge, ob das mit dem Fischkopf gut gehen würde. Diese Sorge trübte auch die Vorfreude auf die bevorstehenden Tage mit den Kameraden in Istrien. Eigentlich hatte er gar keine Lust mehr auf diesen Urlaub, der für ihn ja wahrscheinlich sowieso keiner sein würde.

Es war bereits sieben Uhr, ein Kaffee, eine Zigarette, mehr konnte er aufgrund der Aufregung nicht frühstücken. Sein Gepäck hatte er längst zusammengestellt, eine Sporttasche, ein kleiner Trolley, mehr brauchte er nicht. Und wozu Proviant mitschleppen? In Kroatien konnte man ja überall fast alles kaufen. Zudem hatte Tom auch bereits das Haus für die Reise vorbereitet, das Geschirr vom Frühstück war bereits gespült, die Pflanzen im Haus hatte er noch einmal gegossen, sodass er nun eigentlich reisefertig wäre – wäre nur sein Beifahrer schon eingetroffen.

»Wo bleibt er denn?«, fluchte Tom.

Um acht Uhr war der Treffpunkt in Altötting ausgemacht. Da er bereits ahnte, dass Felix sich verspäten würde, hatte er ihn bewusst gebeten, bereits um sieben zu kommen, zumal noch das Gepäck seines Mitreisenden verstaut werden musste.

Die Wartezeit hatte aber auch etwas Gutes, sie gab ihm die Gelegenheit, eine weitere Zigarette zu rauchen, während der Fahrt würde das kaum möglich sein, da er aus Prinzip im Auto nicht rauchte. Eigentlich hatte er ja schon längst mit dem Rauchen aufhören wollen, aber im Prüfungsstress war das unmöglich gewesen. Vielleicht würde es ihm ja in den bevorstehenden freien Monaten vor dem Studium gelingen, auf dieser Fahrt sicher nicht.

»Verdammt, schon halb acht!«

Plötzlich hörte Tom, wie sich ein Auto näherte.

›Na, endlich!‹, dachte er.

Er beobachtete vom Schlafzimmerfenster seiner Eltern aus, von wo aus man einen guten Blick auf die Straße hatte, das Geschehen. Ein grüner Fiat Punto stoppte vor dem Haus, die Beifahrertür öffnete sich und der Fischkopf stieg aus. Er war wie immer absolut geschmacklos gekleidet, ein billiges lilafarbenes T-Shirt, das eher einem Kindershirt ähnelte, eine kurze Hose in Rosé, die aussah wie eine abgeschnittene Bundfaltenhose, und dann auch noch weiße Söckchen in den Sandalen, kurz gesagt, es war eine Katastrophe. Einen Augenblick später klingelte es auch schon an der Tür. Tom öffnete.

»Guten Morgen, Felix!«

Als Antwort bekam Tom nur ein nüchternes »Hallo«.

Dieser unfreundliche Blick bereits zur Begrüßung verhieß nichts Gutes. War der Fischkopf nun auch noch grantig, wenn er ein paar Tage verreisen durfte? Nun stieg auch der alte Fischhauser aus dem Auto, um Tom vor Antritt der Reise noch einmal den »Kopf zu waschen«, wie es schien.

»Da is´ mein Gepäck!«

Mit diesen Worten öffnete Felix den Kofferraum des Fiat und holte so einiges heraus. Tom wurde beinahe ohnmächtig, als er sah, was sein Fahrgast alles mitnehmen wollte: Einen riesigen Rollenkoffer, wie er ihn eigentlich nur benutzte, wenn er eine längere Flugreise machte, eine Sporttasche, die größer war als Felix selbst, zwei gefüllte Plastiktüten, drei verschiedene Jacken und zu guter Letzt auch noch zwei Kopfkissen. Nun hatte Tom nicht gerade ein kleines Auto, sein Audi A3 verfügte über einen großen Kofferraum, in dem man schon einiges unterbringen konnte, aber die Mengen, die sein Beifahrer bei sich hatte, entsprachen bereits der Menge an Gepäck, wie sie eine Kleinfamilie in der Regel auf eine dreiwöchige Urlaubsreise mitnahm.

Dem alten Fischhauser sah man an, dass er sauer war, dass sich Tom geweigert hatte, Felix in Gars am Inn, dreißig Kilometer entgegengesetzt der Reiserichtung, abzuholen, und er ihn nun hierher fahren musste, auch wenn er das in seiner Situation als Frührentner gut machen konnte. Bevor er wieder dorthin zurückfuhr, richtete er noch ein paar Worte an seinen Sohn und wie erwartet auch an Tom:

»So, mein Sohn, ich wünsch dir einen schönen Urlaub, lass es dir gutgehn! Und Sie, Herr Niederhuber, bitte ich, behandeln Sie meinen Sohn gefälligst etwas rücksichtsvoller, nicht so respektlos, wie Sie es teilweise in der Schule getan haben. Er benötigt auf der Fahrt drei Pausen, ich erwarte von Ihnen, dass Sie ihm die auch gewähren. Außerdem will ich nichts davon hören, dass Sie ihn überreden, Alkohol zu trinken, in die Disco zu gehen oder ihn sonst in irgendwas verwickeln, was er selbst nicht will, ist das klar?«

»Ich weiß nicht, was Sie von mir denken, aber ich kann Ihnen versichern, dass sich Ihr Sohn bei mir in den besten Händen befindet. Auf Wiedersehen, Herr Fischhauser!«, verabschiedete sich Tom mit einem säuerlichen Unterton.

›Was bildet sich dieser ungehobelte Kerl eigentlich ein? Was erwartet der von mir, wie ich seinen Sohn behandle? Immerhin muss man bedenken, dass er mit seinen gut einundzwanzig Jahren ja volljährig und für sein eigenes Tun verantwortlich ist. Na ja, jetzt ist er weg … Wann habe ich seinen Sohn denn respektlos behandelt? Da wird mir der liebe Fischkopf noch ein paar Fragen beantworten müssen, Gelegenheit dazu haben wird ja sicher reichlich‹, dachte Tom.

»Gut, dann verstau mal dein Zeug!«, forderte er den Fischkopf auf.

Er öffnete die Heckklappe seines A3, damit sein Fahrgast einladen konnte. Da passierte auch schon das erste Malheur: Beim Einladen des riesigen Koffers stellte Felix sich so ungeschickt an, dass er an einem Teil der Kunststoffverkleidung hängen blieb, die als Halterung für ein Hängefach diente, und es gewaltsam abriss. Das Fach hing daraufhin nach unten, der erste Schaden an Toms geliebtem Auto.

»Das hast du ja toll hingekriegt, du Trampel, kannst du nicht aufpassen? Gerade mal drei Wochen hab ich dieses Auto jetzt und du fügst mir gleich den ersten Schaden zu.«

»Was kann ich dafür, wenn dein Auto nix aushält, dann hättest du dir halt ein gescheites kaufen müssen.«

Das sagte ausgerechnet einer, der selbst noch nicht einmal einen Führerschein hatte und dessen

Vater einen absoluten Schrottkübel fuhr.

»Steig ein, wir fahren los, sind eh schon spät dran.«

Die Autotüren wurden zugezogen und der A3 setzte sich in Bewegung in Richtung Altötting, dem vereinbarten Treffpunkt für die Teilnehmer der Reise.

»Sag mal, hast du heute schon wieder geraucht?« fragte Felix.

»Erwartest du jetzt von mir eine Antwort?«, erwiderte Tom

»Ich mag das gar nicht, wenn ich ständig den Geruch von alten Zigaretten riechen muss, der aus deinem Atem kommt. Ich seh schon, du wirst nicht alt, deine Raucherei, deine Sauferei, das wird ein schlimmes Ende nehmen mit dir.«

›So ein Affe, wann hab ich jemals gesoffen?‹, dachte Tom.

Einmal, als sie gemeinsam auf einem Ball waren, hatte er lediglich zwei Bier getrunken, aber das war für einen wie den Fischkopf bereits Alkoholismus. Auf diese Aussage gab Tom gar keine Antwort, er hielt es für besser so, auch wenn ihn derartige Kommentare ziemlich nervten. Immerhin musste man bedenken, dass der Fischkopf mit ihm mitfuhr und sich um nichts weiter kümmern musste. Da konnte er es ihm schon zugestehen, dass er rauchte.

Tom setzte seine Sonnenbrille auf und fuhr bei

der Abfahrt Neuötting von der B12 ab.

Auf dem Parkplatz des Hallenbades wartete schon der Großteil der Klassenkameraden des Abiturjahrganges, welcher nun gemeinsam verreiste. Es waren siebzehn Leute, Tom mitgerechnet, was insgesamt fümf Autos ergab.

»Morgen, sorry, dass wir uns verspätet haben«, begrüßte Tom Lothar.

»Morgen, Tom, mach dir keinen Stress, Susi und die Silvi sind auch noch nicht da, werden aber gleich kommen«, antwortete Lothar. »Ach, und hier ist die Adresse in Rovinj, die kannst in dein Navi eingeben, dann bist auf der sicheren Seite, sollten wir uns verlieren.«

»Danke!« Nachdem Tom das eingegeben hatte, zündete er sich erleichtert eine Zigarette an, die dritte an diesem Tag, jetzt konnte nichts mehr schiefgehen.

Ein Auto näherte sich, aus dem zwei Frauen ausstiegen. Es waren Susi und Silvi. Susi war eine umwerfende Frau, sie war groß und schlank, hatte schön geformte Brüste, schulterlanges, blondes Haar und war zudem immer schön natürlich gebräunt. Sie hatte es ihm schon lange angetan.

»Morgen, Mädels«, grüßte Tom.

»Morgen, Tom«, erwiderten die beiden.

Tom ging auf sie zu und trat seine Zigarette aus. Susi sagte leise zu Tom: »Sag mal, fährt der Felix jetzt doch mit, dieser unangenehme Kerl?«

»Ja leider, mir wäre es auch anders lieber gewesen, aber irgendwie tut er mir auch leid, deshalb war ich einverstanden, dass er mit mir mitfährt. Aber das ist noch nicht des Hauptproblem, jetzt wohnt er auch noch in meinem Appartement, stell dir vor.«

»Du Ärmster, hat ihn der Lothar dir aufs Auge gedrückt? Das is ja typisch für ihn, aber der kann was erleben, das lass ich mir ihm gegenüber anmerken, dass ich sauer darüber bin. Aber mach dir keinen Kopf, dann kümmerst du dich halt ein wenig um ihn, tagsüber sind wir ja eh alle zusammen und da kannst du ihm ja dann aus dem Weg gehen, wenn es dir zu viel wird. Und wenn er keine Lust hat, mitzugehn, ist er selbst schuld, dann gibst du ihm halt einfach den Schlüssel und verbringst den Tag mit uns, ihr werdet ja sicher zwei Wohnungsschlüssel bekommen. Ich finde es jedenfalls toll, dass du dabei bist!«

Tom musste aufpassen, dass er nicht rot wurde. Die Susi hatte mit ihm gesprochen, zeigte Verständnis für seine Situation und zwinkerte ihm beim Einsteigen ins Auto noch zu, anstatt ihm den Felix einfach aufs Auge zu drücken, wie es einige der Gruppe vorhatten. Es waren ihm längst nicht alle sympathisch, die bei dieser Fahrt dabei waren, aber das war jetzt egal.

»So, wir sind vollzählig, dann starten wir«, sagte Lothar.

Nun stiegen alle in ihre Autos und der Korso bewegte sich auf die Bundesstraße in Richtung Burgkirchen mit dem ersten Etappenziel Salzburg, wo es auf die Autobahn ging.

Drei Pausen auf einer Fahrt von circa sieben Autostunden kamen Tom etwas viel vor, so viel brauchte er ja nicht einmal bei einer Strecke von über tausend Kilometern, aber gut, zwei kurze Pausen waren drin, er wollte ja noch mal volltanken in Österreich, brauchte eine Vignette, und eine Zigarette und ein Kaffee zwischendurch konnten auch nicht schaden. Die dritte Pause würde er einfach unterschlagen, wahrscheinlich würde sie der Fischkopf gar nicht mehr einfordern, er brauchte ja eh nichts zu tun, als im Auto zu sitzen, und trinken konnte er auch während der Fahrt, vorausgesetzt, er würde aufpassen, dass er nichts verschüttete und ihm die Sportsitze nicht versaute. Der Schaden im Kofferraum reichte schon, es musste nicht sein, dass sein neuer Wagen nach dieser Reise aussah wie ein schrottreifer Kahn.

Unterwegs in den Süden

In Salzburg machte sich die Gruppe einen letzten Treffpunkt an der Speedoil-Tankstelle aus. Hier konnten sie alle ihre Autos noch einmal zu günstigeren Preisen volltanken, eine Vignette sowie eventuell notwendigen Proviant besorgen und andere Notwendigkeiten erledigen, bevor es auf die Autobahn ging. Eigentlich waren von da an keine größeren Pausen mehr geplant. Umso blöder war hier die Forderung des Fischkopfes mit seinen drei Pausen.

›Am besten ich sag gar nichts mehr und fahr einfach durch‹, dachte Tom.

Nachdem er alles erledigt und sich zudem noch zwei Schachteln G & M auf Vorrat besorgt hatte, sicher war sicher, stieg er wieder ins Auto. Der Korso setzte sich nun wieder in Bewegung, diesmal auf die Autobahn in Richtung Villach. Nun konnte Tom endlich Gas geben, freie Fahrt in Richtung Süden.

Nach zwanzig Minuten meldete sich plötzlich der Fischkopf zu Wort: »Du, deine Musik nervt langsam, können wir nicht was anderes einlegen? Ich hab ein paar CDs dabei.«

Eigentlich konnte Tom nicht nachvollziehen, was an seiner Musik so störend war, hatte er doch einen ganzen Nachmittag damit verbracht, die Musikauswahl für die Reise auf einen USB-Stick zu kopieren, aber er wollte mal nicht so sein.

»Meinetwegen«, antwortete er, nicht ahnend, welcher Schauder ihn gleich überfallen würde. »*Schnauzi Wauzi Bauzilein, Wahahahaha*«, klang es aus den Lautsprechern.

»Was zum Teufel ist denn das?«

»Das kennst du natürlich wieder nicht, hab ich mir gleich gedacht. Das sind die Herzhaften, eine bayerische Gruppe, des is´ halt noch richtige Musik, kein so blödes Gedudel, wie du es die ganze Zeit gespielt hast.«

»Also das geht mal gar nicht. Mach das aus, ist ja grauenhaft. Ich kann mich bei diesem Geblödel nicht konzentrieren.«

»Na toll, seit über einer Stunde muss ich mir jetzt schon dein mistiges Rockgedudel anhören, angefangen von Aerosmith bis ACDC, und wenn ich mal was hören will, blockst du sofort ab, du bist ja ein toller Kamerad.«

»Lass mich gleich mal eins klarstellen, Felix, ich nehm dich zwar in meinem Auto mit und wir wohnen in einem Appartement. Wir werden hoffentlich auch gut miteinander auskommen, aber wir sind keine Freunde! Es ist in letzter Zeit einfach zu viel vorgefallen, als dass ich dich als einen Freund betrachten könnte. Deshalb ist die Anzahl der Zugeständnisse, die ich dir auf dieser Fahrt machen werde, auf das Nötigste begrenzt, du sitzt schließlich in meinem Auto!«

»Schon klar, ich mag dich ja eigentlich auch nicht, aber wir werden schon miteinander auskommen, vorausgesetzt, du gibst dir ein wenig Mühe.«

»Eine Frage musst du mir gleich mal beantworten. Was hat eigentlich dein Vater vorhin gemeint, als er sagte, ich soll dich nicht so respektlos wie in der Schule behandeln, was hast du denn zu Hause über mich erzählt?«

»Ach, das fragst du noch? Du hast mich x-mal ignoriert, als ich mit dir gesprochen hab. Du hast jedes Mal abgeblockt, als ich mal was für das Wochenende ausmachen wollte, wie zu Beispiel in den Faschingsferien, als ich dich gefragt habe, ob wir am Samstag Nachmittag mal ins Kino gehen. Du hast immer äußerst gnädig getan, wenn du mich mal im Auto mitgenommen hast, einmal musste ich in der Kälte am Bahnhof auf meine Mum warten, obwohl es durchaus möglich gewesen wäre, dass ich bei dir gewartet hätte. Das sind nur ein paar Beispiele, da ist noch viel mehr vorgefallen, was dir wahrscheinlich gar nicht bewusst geworden ist, bei so wenig Feingefühl, wie du hast.«

»So, okay, dann weiß ich ja jetzt, woran ich

40

bei dir bin. Du willst mich also ausnutzen, wo es gerade geht, und wenn ich mal nein sage, bin ich respektlos zu dir. Du weißt schon, dass ich die Fahrt auch absagen hätte können, dann wären wir beide jetzt nicht unterwegs nach Kroatien. Und wenn ich sehe, wie undankbar du bist, wär es wohl das Beste gewesen.«

»Ja dann hättest du sie halt abgesagt, wär mir jetzt auch scho egal gewesen, denn wenn ich sehe, wie du heut drauf bist, wird des sicher kein schöner Urlaub für mich. Was ist jetzt mit meiner ersten Pause?«

»Wie bitte?«

»Wir hatten ausgemacht, dass ich mindestens drei Pausen bekomm!«

»Mein Lieber, es war von *höchstens* drei Pausen die Rede, außerdem sind wir erst gerade dreißig Minuten von Salzburg entfernt, da hättest du ja auch die Möglichkeit gehabt, dir die Beine zu vertreten, auf die Toilette zu gehen oder was auch immer, aber nein, du bist wie eine Puppe im Auto sitzen geblieben und hast so deine erste Pause verstreichen lassen. Bis Pongau musst du dich auf jeden Fall gedulden, da können wir meinetwegen kurz halten, bevor wir durch die langen Tunnels fahren.«

»Und wie weit is´ des von hier aus noch?«

»Ungefähr eine halbe Stunde.«

»Was, so lange? Das geht auf keinen Fall.«

Nachdem sich Tom jedoch durchgesetzt hatte, standen die beiden nun auf dem Parkplatz einer Autobahnraststätte in Pongau. Einige der anderen Gruppenteilnehmer waren hier ebenfalls abgefahren, was Tom durchaus begrüßte.

»Ich hoffe, du hast deinen Ausweis dabei. Wir kommen bald an die slowenische Grenze und die Slowenen sind kleinlich, was den Grenzübertritt angeht, die lassen uns nicht durch, wenn da irgendwas nicht passt.«

»Ja klar hab ich meinen Ausweis dabei, was denkst du denn?«

»Zeig mal her, jetzt an der Raststätte können wir noch mal schauen, ob alles passt.«

»Da, bitte!«

»Das glaub ich jetzt nicht!«

»Was?«

»Schau mal auf das Ablaufdatum deines Personalausweises, fällt dir was auf?«

»Nein, was soll mir denn auffallen?«

»Dein Ausweis ist seit drei Monaten abgelaufen!«

»Ach, das hab ich gar nicht gemerkt.«

»So, das hast du nicht gemerkt. Und ich hab dir am Sonntag am Telefon extra noch gesagt, du sollst die Gültigkeit deines Ausweises prüfen.«

»Ja mein Gott, dann hätte ich auch nichts mehr machen können.«

»Doch, du hättest gestern noch auf die Gemeinde gehen und einen vorläufigen Ausweis beantragen können, den du sofort bekommen hättest und womit du hättest reisen können. Allen möglichen Mist schleppst du mit für die paar Tage, der Kofferraum ist so voll, als wäre ich mit einer Kleinfamilie unterwegs, aber um die wirklich wichtigen Dinge kümmerst du dich nicht. Ich bin jetzt richtig sauer!«

»Gut, dann fahren wir eben wieder zurück.«

»Nur über meine Leiche! Wir fahren jetzt ganz normal weiter in Richtung Grenze, als ob nichts wäre, und hoffen, dass die uns nicht kontrollieren. Wenn sie uns jedoch nicht durchlassen, dann bring ich dich zum Bahnhof in Villach und du kannst mit dem Zug nach Hause fahren, ich reise dann allein weiter Richtung Kroatien, nach Hause bring ich dich nicht!«

»Tu dir keinen Zwang an, du egoistisches Arschloch!«

»Oh, vielen Dank für die Blumen! Ab jetzt red ich für den restlichen Tag kein Wort mehr mit dir. Bete, dass die an der Grenze die Ausweise nicht anschauen und uns durchlassen. Und noch was, ab jetzt bestimme ich wieder, welche Musik auf der Fahrt gespielt wird, deine Schmalzmusik kannst du gleich wieder wegpacken. Ach ja, abgesehen von dringenden Toilettenpausen gibt es jetzt keine Unterbrechungen der Fahrt mehr, die dritte Pause ist somit definitiv gestrichen. Du musst hier ja eh nichts machen, ich fahre ja, also brauchst du die auch nicht!«

»Ja is´ schon gut, werd ich mir alles merken!«

»Von mir aus!«

Die Fahrt ging weiter durch das Salzburger Land, gegen halb eins passierten sie den Tauerntunnel, von hier aus war es noch eine gute halbe Stunde bis zur slowenischen Grenze. Als sie den Grenzübergang am Karawankentunnel erreichten, wurde Tom so richtig nervös. Obwohl die Klimaanlage lief, schwitzte er am ganzen Körper. Vor ihnen standen fünf Autos, gleich würden sie wissen, ob sie ihre Fahrt gemeinsam fortsetzen konnten oder einen kleinen Abstecher nach Villach machen mussten, von welchem er alleine zurückkommen würde.

Nun waren sie an der Reihe. Tom hielt die Ausweise ins Fenster, seinen voran, sodass man den Ausweis vom Fischkopf nur teilweise sehen konnte. Mit einer Winkbewegung deutete der Grenzer ihnen an, dass sie die Grenze passieren und durch den Karawankentunnel nach Slowenien einreisen durften. Tom atmete auf, geschafft. An der kroatischen Grenze würde es sicher kein Problem mehr geben, denn dort konnte man mit den Grenzern wenigstens diskutieren, und vielleicht gab es auch die Möglichkeit, ein Kurzzeitvisum für die Aufenthaltsdauer ihres Urlaubs zu beantragen.

»So, das war dein Glück!«

»Siehst du, war doch die ganze Aufregung umsonst.«

»Halt deinen Mund, da war gar nichts umsonst. Ich hab das schon einmal erlebt, dass Fahrgäste, die keinen gültigen Ausweis hatten, an genau dieser Grenze aussteigen mussten, als ich mal allein mit dem Bus nach Kroatien gefahren bin. Du hattest nur Glück, dass heute an der Grenze so viel los ist, dass die Grenzer nicht so genau kontrollieren können, sonst hätten die uns sicher nicht durchgelassen.«

Weiter ging es mit Vollgas durch Slowenien. Nachdem der acht Kilometer lange Karawankentunnel passiert war, folgte Tom der Autobahn in Richtung kroatische Grenze, welche sie in gut einer Stunde erreichen würden.

»Ich hab Hunger, komm, such eine Raststätte.«

»Was haben wir gesagt? Die dritte Pause ist gestrichen!«

»So, hast du denn gar kein Mitgefühl mit mir? Ich sitze hier rum, es ist absolut langweilig und ich kann sowieso nix machen.«

»Du Ärmster, wir haben dich ja gezwungen, nach Rovinj mitzukommen, oder bist du nur dabei, um mir den Urlaub zu versauen?«

»Ja ganz bestimmt, aber du hast recht, mit dir wollte ich eigentlich gar nicht fahren, aber die anderen haben mich ja nicht mitgenommen, so blieb mir nichts anderes übrig.«

»Ist jetzt auch schon egal, jetzt bist du schon dabei, aber bring mich nicht zur Weißglut.«

»Und was ist jetzt mit meiner Pause?«

»Als Antwort bekommst du ein klares Nein!«

»Gut, du wirst schon sehn, was du davon hast. Wenn mein Zuckerspiegel sinkt, dann werd ich unausstehlich.«

»Ach, du kaust doch eh schon die ganze Fahrt den Proviant aus deinem Rucksack und krümelst mir hier alles voll.«

»Das ist doch kein richtiges Essen, aber gut, jetzt wirst du sehen, was du davon hast.«

Felix schlug im Auto wild um sich und schrie, als würde er am Spieß gebraten. Tom hatte Mühe, bei der hohen Geschwindigkeit das Auto auf der Spur zu halten, so sehr beeinträchtigte das Ausrasten des Fischkopfes das Fahrverhalten des Wagens.

»Sag mal, Felix, willst du uns umbringen? Wenn du sterben willst, spring meinetwegen von einer Klippe, aber bitte zieh mich da nicht mit rein! Ich hab noch mehr vor in meinem Leben.«

»Du gemeiner Kerl, siehst doch, wie schlecht es mir geht, und gehst so grob mit mir um. Jetzt liegt es an dir, wenn du heil ankommen willst, dann such uns jetzt eine Raststätte, in tausend Metern kommt eine, und fahr raus, damit ich etwas essen kann.«

»Du gehörst doch in psychiatrische Behandlung, so infantil, wie du dich benimmst, aber gut, dann fahr ich eben raus. Auf diese Weise verlieren wir zwar den Rest der Gruppe und sind dann ganz allein unterwegs, aber das macht ja nix, Hauptsache, dein Ego ist befriedigt. Ich hab ja keine andere Wahl, ansonsten kommen wir wahrscheinlich nie an, so wahnsinnig und unberechenbar, wie du bist.«

Der Audi verließ die Autobahn und parkte auf der Raststätte in der Nähe des Fremdenverkehrsortes Bled, welcher idyllisch an einem See gelegen war.

›Na schön, dann trink ich eben einen Kaffee, ess dazu ein Sandwich und rauche noch einmal eine‹, dachte Tom genervt. Bei der letzten Pause waren wenigstens die anderen noch da, mit einigen von ihnen verstand er sich ja ganz gut und konnte so mit ihnen ein paar Worte wechseln, aber nun war er mit dem Fischkopf ganz alleine, nicht auszuhalten.

»Bist du jetzt so weit?«, fragte Tom seinen ungeliebten Fahrgast nach einer Weile.

»Ja, meinetwegen können wir wieder fahren.«

»Das ist ja schön.«

»Dies war aber erst die zweite Pause, eine musst du mir noch gewähren, das hast du heute Morgen auch gegenüber meinem Vater versprochen.«

»Sag mal, spinnst du? Wenn man die Pause in Salzburg an der Tankstelle, die du ja nicht wahrgenommen hast, mitrechnet, so *ist* dies nun die dritte Pause.«

»Okay, du hast gewonnen, aber glaub ja nicht, dass ich das gegenüber meinen Eltern verschweige, dass du mir eine Pause unterschlagen hast, das wird noch unangenehm werden für dich.«

»Meinetwegen, ruf sie nur gleich an, kannst ja nix anderes, als Menschen, die es gut mir dir meinen, vor den Kopf zu stoßen.«

»Ist schon recht. Du bekommst deine Quittung schon noch, ich glaub nämlich kaum, dass du das Abi bestanden hast. Einige deiner Klassenkameraden haben mir in Spanisch davon erzählt, wie schlecht du in Mathe warst, und das war ja nun wirklich nicht schwer.«

»So, wenn das so ist, in Mathe magst du vielleicht ganz gut sein, aber deine Fähigkeiten in Deutsch und Englisch sowie in den allgemeinbildenden Fächern halten sich auch sehr in Grenzen. Ich weiß nicht, die du dir das vorstellst, wenn du wirklich Lehrer werden willst. Ich meine, da muss man sich flüssig ausdrücken können, Junge, oder willst du dich dann auch vor die Klasse stellen und dann anfangen mit *ääääh, so und dann ääääh mach ma des so äääh ... nein, doch lieber anders, äääh*. So hast du es zumindest bei deinen Referaten gemacht, als ich noch mit dir in der

Klasse war.«

»Schon gut, wir werden ja sehen, wer von uns beiden erfolgreicher ist. Selbst wenn du das Abi schaffst, geb ich dir höchstens ein gutes halbes Jahr an der Uni, dann bist du sowieso am Ende!«

»Das wird mir jetzt eh zu blöd, ich muss mich auf den Verkehr konzentrieren. Oh Mann, hast du auf die Uhr gesehn, wie spät es schon ist? Ganze anderthalb Stunden haben wir mit dieser Zusatzpause verloren, die du unbedingt haben wolltest. Was super ist, die anderen sind jetzt alle weg, wenn jetzt irgendwas sein sollte, dann sind wir absolut auf uns gestellt, außerdem kommen wir viel später als der Rest an und dann müssen wir sehen, wo wir unsere Zimmerschlüssel bekommen, der Lothar hat schließlich alles organisiert.«

»Ich denke, du bist so klug, dann wirst du mit dieser Situation auch ohne fremde Hilfe zurechtkommen.«

»Ich kann sagen, was ich will, jedes Mal gibst du einen blöden Kommentar ab. Wenn du mich nur beleidigen willst, dann halt doch lieber gleich den Mund, dann reizt du mich wenigstens nicht, was sowieso nicht angebracht ist, nachdem du ja bei mir mitfährst.«

»Ich weiß nicht, wie oft du mir das heute noch vorhältst, aber schön, dann sag ich eben nichts mehr.«

An der Freisprechanlage klingelte das Handy.

»Hallo Lothar!«

»Hey Tom, wo steckt ihr denn? Ich seh euch schon seit über einer Stunde nicht mehr.«

»Ich musste noch eine unfreiwillige Pause machen. Wir sind vor circa zehn Minuten von der Raststätte in der Nähe von Bled gestartet.«

»Was, ihr seid immer noch in Slowenien? Beeilt euch, an der kroatischen Grenze ist ziemlich viel los, wir sind da ziemlich lange angestanden und wir müssen bis spätestens achtzehn Uhr bei unserem Quartier einchecken, da dann die Rezeption schließt.«

»Wie bitte?«

»Na ja, das ist ja kein Hotel und der Verwaltungsangestellte ist immer nur einige Stunden vor Ort, in denen er alles regelt.«

»Könntest du eventuell unsere Schlüssel abholen, falls wir es nicht rechtzeitig schaffen?«

»Ich kann es versuchen, aber erfahrungsgemäß müsst ihr eine Anmeldung ausfüllen. Ich versuch es, aber legt es nicht darauf an, fahrt jetzt wirklich zügig durch. Ich halte mein Handy bereit – falls irgendwas ist, ruf mich an!«

»Ja, danke, Lothar!«

Die Fahrt ging weiter und schien zunächst flüssig zu verlaufen, bis sie ungefähr zehn Kilometer vor der kroatischen Grenze waren. Hier stockte der Verkehr und es schien, als müssten sie sich auf eine längere Wartezeit einstellen.

»Na klasse, das haben wir jetzt davon.«

»Was haben wir davon?«

»Sag mal, bist du blind?«

»Ach so, der Stau. Und was bitteschön hat das nun wieder mit mir zu tun?«

»Die anderthalb Stunden Pause, die du unbedingt haben wolltest, haben uns einen Strich durch die Rechnung gemacht. Die anderen sind sicher schon bald am Ziel und wir stehen jetzt hier herum. Eins sag ich dir, wenn das mit dem Einchecken nicht mehr klappt, dann such ich uns ein schönes Hotelzimmer in der Umgebung und du bezahlst die Rechnung, ist das klar?«

»Träum weiter, du Trottel. Keinen Cent bekommst du von mir, das wär ja noch schöner. Ich soll noch dafür bezahlen, wenn wir aufgrund höherer Gewalt unser Ziel nicht rechtzeitig erreichen.«

»Du mich auch«, zischte Tom. »Ich krieg übrigens eh noch Geld von dir, das rechnen wir ab, wenn wir angekommen sind.«

»Wofür?«

»Na für Benzin, Autobahngebühren und so weiter, die Fahrtkosten eben, Kostenteilung, schon vergessen?«

»Also das is´ ja ein starkes Stück, dass du mir die Fahrtkosten aufrechnen willst. Wenn du alleine gefahren wärst, müsstest du die auch alleine bezahlen.«

»Wenn wir jetzt schon nicht fahren können, gib mir wenigstens eine kalte Cola von dir, ich hab meine Getränke nicht griffbereit.«

Tom griff in den Isolierbeutel, der im Fußraum auf der Beifahrerseite stand, und entnahm ihm eine Flasche Cola, die der Fischkopf an der Raststätte gekauft hatte. Felix packte die Tasche und versuchte mit aller Gewalt, seinen Proviant zu verteidigen.

»Hey, Finger weg, das sind meine. Was fällt dir ein, bei mir zu klauen?«

»So, klauen nennst du das? Erst beschädigst du mir das Hängefach im Kofferraum, dann bescherst du uns diesen Stau und jetzt gönnst du mir nicht einmal eine kleine Cola aus deinem Vorrat? Was glaubst du eigentlich, wer du bist? Meinst du, ich mache mich hier zum Vollidioten für dich?«

»Schon möglich.«

»Nicht frech werden, sonst kannst du zu Fuß weiterreisen!«

Nun standen sie schon eine Stunde im Stau. Am liebsten hätte Tom den Fischkopf mitsamt seinem Gepäck aus dem Auto geworfen.

»Was ist jetzt, wird das heut noch was, oder müssen wir hier übernachten?«, schimpfte der Fischkopf.

»Jetzt mal schön ruhig, mein Freund! Schon vergessen, *warum* wir hier stehen? Ach ja, wenn wir dieses Mal an der Grenze aufgrund deines abgelaufenen Ausweises Probleme bekommen und wir nicht weiterfahren dürfen, dann kannst du von mir aus per Anhalter zurückfahren.«

»Jaja, schon gut, das weiß ich mittlerweile, dass du mich im Niemandsland im Stich lassen würdest.«

Die Zeit verstrich, es war bereits halb vier und die Autoschlange bewegte sich immer noch nicht weiter. Tom wurde immer nervöser, als wieder das Handy klingelte. Die Nummer auf dem Display kannte er noch nicht.

»Ja, hallo?«

»Hallo Tom, hier ist Susi!«

»Hi!«

»Ich hoffe, es ist okay, dass ich Lothar nach deiner Nummer gefragt habe.«

»Äh … ja … natürlich … schön, von dir zu hören!«

»Wie gehts euch denn, wo seid ihr? Ist alles okay bei euch?«

»Na ja, wie man es nimmt. Wir stehen im Stau und wie es aussieht, dauert das Ganze noch etwas länger.«

»Ach du meine Güte, ist das der Stau, der im Radio durchgesagt wurde?«

»Jep.«

»Warum ich anrufe, ich weiß nicht, ob du Bescheid weißt, wir müssen bis achtzehn Uhr einchecken, das wusste ich selbst nicht und hab es erst vorhin von Lothar erfahren.«

»Ja, weiß ich. Lothar hat mir versprochen, sich darum zu kümmern, dass wir die Schlüssel auch bekommen, wenn wir es nicht rechtzeitig schaffen.«

»Auf Lothars Versprechen würde ich nicht allzu viel geben. Ich kenne ihn nun schon seit zwei Schuljahren, er verspricht immer, sich um alles zu kümmern, und dann … Er hat nämlich vorhin gemeckert, als wir noch einmal an der Tankstelle gestoppt sind, dass er nicht euer Kindermädel ist. Er meinte noch, wenn du dich gegenüber Felix nicht durchsetzen kannst, dann ist das dein Problem. Aber mir brauchst du nichts erzählen, ich kann mir vorstellen, wie das wieder abgelaufen ist.«

Felix, der diesem Gespräch notgedrungen lauschen musste, machte jetzt ein so böses Gesicht, als beschäftigte er sich mit Mordgedanken.

»Aber gut, dass du es sagst, wir dürften bald da sein, ich werde alles versuchen, um eure Schlüssel zu bekommen, und geb euch dann noch Bescheid, wo ihr mich finden könnt. Nach Ankunft werd ich sowieso erst einmal in der Wohnung bleiben und mich ein wenig ausruhen.«

»Susi, du bist ein Schatz, vielen Dank!«

»Ist doch selbstverständlich, dass man aufeinander schaut, wenn man gemeinsam verreist, also bis später.«

Endlich löste der Stau sich auf, der Verkehr wurde wieder flüssiger und wenig später konnten sie die ersten Hinweisschilder auf die Grenze nach Kroatien sehen.

»Susi ist doch eine blöde Kuh«, raunte der Fischkopf.

»Felix, jetzt ist es genug. An allem und an jedem hast du etwas auszusetzen.«

»Das macht sie doch nur, weil sie sich bei dir einschmeicheln will.«

»He, was ist dein Problem? Ich meine, du profitierst doch auch davon, wenn wir heute noch unser Quartier beziehen können, oder willst du lieber im Auto schlafen?«

Wieder gab ein Wort das andere. Als die Stimmung im Auto so richtig aufgeheizt war, erreichten sie endlich die kroatische Grenze. Wieder stockte Tom das Blut, als sie sich der Kontrollstation näherten. Wieder hielt er die Ausweise in die Scheibe und wieder seinen voran, sodass man den vom Fischkopf nur teilweise sehen konnte. Der grimmige Blick des Zollbeamten gefiel Tom gar nicht. Als dieser jedoch mit einer Winkbewegung andeutete, dass sie die Grenze passieren durften, fiel Tom ein Stein vom Herzen. Der Stau lag endgültig hinter ihnen und nun gab es endlich wieder freie Fahrt. Erneut ging das Telefon.

»Hi Tom, wie weit seid ihr mittlerweile?«,

ertönte wieder Susis Stimme.

»Wir haben gerade die Grenze passiert und kommen voran.«

»Super! Ich wollte dir nur sagen, dass du dir ruhig Zeit lassen kannst, musst nichts riskieren, denn ich habe die Schlüssel bekommen!«

»Susi, vielen Dank, du hast was gut bei mir!«

»Ach, das passt schon. Die Anmeldeformulare hab ich auch gleich an mich genommen, geb ich euch dann, die könnt ihr morgen dann an der Rezeption abgeben. Ich wohne gemeinsam mit Silvi im Appartment 120, kommt einfach nachher vorbei. Ich muss mich jetzt ein wenig hinlegen, habe Kopfschmerzen, also bis nachher! Ihr könnt euch auf jeden Fall freuen, es ist super schön hier!«

»Klasse, dann bis nachher!«

»Ach, bevor ich es vergesse, Tom, hast du ein Navi? Die Ferienanlage ist nämlich gar nicht so leicht zu finden, wir haben uns im Ort ziemlich verfahren.«

»Kein Problem, also bis nachher, freu mich!«

Tom war trotz seines ungeliebten Beifahrers nun wieder richtig gut gelaunt. Jetzt würde die Anreise bald überstanden sein …

Ankunft in Rovinj

Der Ort Rovinj liegt malerisch an der istrischen Adriaküste. Es handelt sich hierbei um eine Insel, die im Laue der Geschichte mit dem Festland verbunden wurde. Dies kann man noch an der typischen Form des Ortes erkennen. Das Erkennungsmerkmal der Stadt ist der Kirchturm, welcher nicht von ungefähr dem Kampanille in Venedig gleicht, denn es handelt sich hierbei um eine absolut identische Kopie. Am Stadtbild von Rovinj sieht man außerdem, dass Istrien einmal zu Italien, genauer zu Venedig gehörte.

Als sich der schwarze Audi A3 auf der Staatsstraße der Ortschaft näherte, war der Himmel wolkenlos, das Meer war kristallklar und auch die Altstadt von Rovinj zeigte sich von ihrer schönsten Seite. Tom war begeistert, setzte erneut seine Sonnenbrille auf und lenkte seinen Wagen auf die Stadt zu.

»Ist doch echt toll hier, oder?«, wandte er sich an Felix, weil er das Bedürfnis hatte, seine Begeisterung zu teilen.

»Ja, geht schon.«

»Was heißt hier geht schon, gefällt es dir hier

denn nicht, also der erste Anblick?«, wollte Tom wissen.

»Ich sag doch, geht schon«, antwortete der Fischkopf in einem angekratzten Ton.

»Also dir kann man es wirklich nicht recht machen. Immer meckerst du herum, bei allem, was ich mache, auch wenn ich dir was Nettes zu sagen habe, dabei sind wir noch nicht einmal angekommen. Na, das kann ja heiter werden!«

»Ja entschuldige, dass ich jetzt nicht gleich vor Begeisterung verglühe.«

»Warst du denn überhaupt schon einmal am Meer?«

»Nö. Und wenn ich das hier sehe, weiß ich, dass ich auch nicht viel verpasst habe.«

»Wie du meinst, ich finde es jedenfalls sehr schön.«

»Ja dann freu dich und kauf dir einen Dauerlutscher.«

»Ach, lass mich einfach in Frieden, okay?«

»Wie du meinst«, antwortete der Fischkopf.

»Dann vertrauen wir nun dem Navi, das uns zur Ferienanlage führen wird.«

Tom blickte auf das Display, doch die Anzeige war erloschen. Während der Fahrt auf der Autobahn und später auf der Schnellstraße war ihm das gar nicht aufgefallen, da er hier einfach den Hinweistafeln gefolgt war, nun aber, da er sich im Ort zurechtfinden musste, fiel es ihm sofort auf.

»Was ist denn jetzt los? Das Kabel für das Navi ist ja ausgesteckt.«

»Das habe ich gemacht, weil es die ganze Zeit vor mir herumgebaumelt ist«, antwortete Felix.

»Bist du bescheuert? Wie kommst du dazu? Ich hab das hier nicht zum Spaß!!«

Tom wurde immer wütender auf den Fischkopf.

»Dass du ein Navi brauchst, wundert mich. Ich denke, du bist so intelligent!«

»Sei vorsichtig, was du jetzt sagst, sonst kleb ich dir heute noch eine!«, erwiderte Tom, der die blöden Kommentare seines Beifahrers endgültig satt hatte. »Jetzt wissen wir nicht, wie wir fahren müssen, aber das lässt sich im Moment nicht ändern. Ich werde mal sehen, wo wir einen Stadtplan bekommen, das Navi braucht mindestens eine halbe Stunde, bis es wieder flott ist.«

Tom fuhr durch den Ort und fragte an mehreren Stellen, Banken, Souvenirläden und Tankstellen, wo er einen Stadtplan von Rovinj bekommen könnte. Der Tankwart verwies ihn auf das Tourismusbüro im Zentrum. Nachdem er die Tankstelle verlassen hatte und weitere zehn Minuten in Richtung Zentrum gefahren war, in dem es nur so vor Touristen wimmelte, sah er endlich einen Hinweis auf die Touristinfo. Glücklicherweise war vor dem Büro auch ein Parkplatz frei. Ein paar Minuten später kehrte er mit einem kostenlosen

Stadtplan von Rovinji zum Wagen zurück, doch leider war er unbrauchbar, wie sich herausstellte. Tom suchte auf der Karte nach der Adresse, die Lothar ihm aufgeschrieben hatte, doch diesen Straßennamen schien es auf der Karte nicht zu geben. Dann entdeckte er eine eingezeichnete Feriensiedlung in Strandnähe.

»Das muss es sein, versuchen wir es einmal.«

Tom verließ den Parkplatz. Mittlerweile war er von den Strapazen der Fahrt mit all ihrer Unannehmlichkeiten ziemlich geschafft. Er fuhr nun weiter auf direktem Weg in Richtung Zentrum. Hier wurde die Straße sehr eng, es war sehr schwierig zu wenden, falls nötig. Felix saß währenddessen absolut teilnahmslos im Auto. Es schien nicht so, als wollte er seinen Beitrag dazu leisten, dass sie in absehbarer Zeit ihr Quartier fanden.

»Wie wäre es, wenn du mitschauen, auch einmal einen Blick in die Karte werfen und mir bei der Suche helfen würdest, damit wir heute noch an unser Ziel kommen? Wenn du schon das Navi deaktiviert hast, dann kann ich durchaus erwarten, dass du dich jetzt nicht nur wie ein Kleinkind durch die Gegend kutschieren lässt.«

»Ach, jetzt kannst du mich plötzlich brauchen. Erst machst du mich zur Sau und jetzt soll ich dir beim Suchen helfen«, erwiderte der Fischkopf.

Auf diesen Kommentar gab Tom keine Antwort mehr. Seit 45 Minuten irrten sie nun schon durch Rovinj, passierten mehrmals den Hafen und hatten keinen blassen Schimmer, in welche Richtung sie mussten. Zu allem Übel versperrte auch noch eine Baustelle die direkte Durchfahrt in den Ort.

Glücklicherweise startete fünfzehn Minuten später das Navi, das Tom wieder am Zigarettenanzünder angeschlossen hatte, und Tom erkannte, dass sie in einem völlig falschen Ortsteil gelandet waren. Es verging eine weitere halbe Stunde, bis sie endlich die Ferienanlage Louvran erreichten. Auf dem Parkplatz angekommen atmete Tom durch. Er hatte schon viele lange Fahrten, viel längere als diese, am Steuer gemeistert, aber noch nie war er so erschöpft gewesen wie jetzt.

Es war bereits neunzehn Uhr, als Tom an Susis Appartement klingelte. Sie öffnete zwar etwas schläfrig, aber lächelnd die Tür. Sie trug einen blauen Bikini und ein buntes Badetuch, mit dem sie ihre Beine bedeckte.

»Hi Tom, Gott sei Dank, ihr seid da. Ich hatte mir schon Sorgen gemacht.«

»Hi Susi, sorry, dass es doch noch länger gedauert hat, aber wir hatten noch ein kleines Problem.«

»Ach, das macht doch nichts, Hauptsache, ihr seid jetzt da. Also, hier habt ihr die Schlüssel und die Ankunftsformulare. Ihr habt Appartement

124, das ist gleich da drüben, wir sind also nur ein paar Meter voneinander entfernt.«

»Ja toll, das freut mich«, antwortete Tom.

»Und mich erst«, grummelte der Fischkopf vor sich hin.

»Und du warst schon am Pool?«, wollte Tom wissen.

»Nein, ich hatte mich nur umgezogen, weil mir so heiß war. Was haltet ihr davon, wenn wir nachher gemeinsam im Ort essen gehen?«, schlug Susi vor.

»Wir haben schon gegessen«, antwortete der Fischkopf mürrisch.

»Was redest du denn da? Du hast dich in dieser abscheulichen Raststätte vollgefressen, ich nicht!«

»Dein Pech«, erwiderte Felix.

»Ach Felix, halt einfach nur für einen Moment den Mund! Also, ich wäre dabei«, sagte Tom zu.

»Ja super, dann geb ich Silvi noch Bescheid.«

»Ich komm dann gegen zwanzig Uhr zu dir rüber und hol dich ab, ist das okay?«

»Ja klar! Bezieh erst einmal in Ruhe dein Zimmer und wir sehen uns dann, bis gleich!«

Susi verabschiedete sich mit einem Augenzwinkern.

»Bevor du weggehst, hilfst du mir aber schon noch beim Ausräumen!«, kommandierte der Fischkopf.

Tom reichte ihm seinen Autoschlüssel.

»Hol dir dein Zeug selbst, ich werde erst nach dem Abendessen auspacken, ich hab jetzt wirklich keine Lust, da ich müde von der langen Fahrt bin.«

»Na toll, soll ich jetzt alles alleine zum Appartement rüberschleppen?«

»Selbst schuld, warum schleppst du für die paar Tage auch so viel Schnickschnack mit?«

»Ich hab mich wirklich sehr beschränkt!«, entgegnete Felix.

»Ja, das hab ich gesehen, du hast ja auch nur zwei Kopfkissen dabei, obwohl das Bettzeug standardmäßig überall vorhanden ist, das kannst du mir glauben, und ich bin schon viel herumgekommen. Komm einmal mit, ich zeig dir etwas.«

Tom führte den Fischkopf zu seinem Auto und zeigte ihm sein Gepäck.

»Siehst du diese beiden Gepäckstücke? Das ist alles, was ich für die Woche dabei habe, der ganze Rest ist von dir.«

»Ja, ich hab schon verstanden, du lässt mich also das ganze Zeug selbst rüberschleppen, obwohl du viel kräftiger bist wie ich.«

»Du wirst es überleben.«

Im Appartement angekommen wechselte Tom nur schnell sein T-Shirt und parfürmierte sich etwas, als es auch schon an der Tür klingelte.

Party, Party und nochmals Party

Rovinj ist eine Stadt, in der alle auf ihre Kosten kommen, die Liebhaber des südlichen Flairs genauso wie junge Leute, denen es wichtig ist, dass sie richtig weggehen und Spaß haben können. In den zahlreichen Gassen gibt es viele Bars und auch einige Diskotheken. Etwas außerhalb der Stadt existiert eine Vergnügungsmeile, die ebenfalls viele Cafés, Bars und dergleichen bietet. Wer in der Altstadt nicht so richtig auf seine Kosten kommt, den lockt die Stadt mit einer eigenen Insel, welche der Altstadt vorgelagert ist. Diese Insel ist rein für die Jugend geschaffen. Hier ist es möglich, ganze Nächte durchzufeiern, sofern man Lust dazu hat und über das nötige Kleingeld verfügt, denn billig ist es hier nicht gerade. In der ganzen Stadt hängen Plakate mit Vorankündigungen von Events, die die nächsten Tage stattfinden werden.

So flanierte Tom, nachdem er sich notdürftig im Appartement eingerichtet hatte, nun mit Susi und Silvi durch den Ort. Sie waren auf der Suche nach einem guten und preiswerten Restaurant, in dem auch das Ambiente nicht zu kurz kam.

Im Hafen wurden sie fündig. Auf einer Terrasse, die sich direkt am Meer befand und von wo aus man die Schiffe beim Kommen und Gehen beobachten konnte, wurden allerhand landestypische Speisen, Fisch- und Fleischgerichte mit viel Gemüse aufgefahren, aber auch andere Spezialitäten angeboten. Die drei nahmen an einem kleinen Tisch direkt am Meer Platz und studierten die Karte, alle wurden schnell fündig. Sie bestellten sich einen halben Liter Rotwein mit Wasser und typisch kroatische Fleischspezialitäten. Es war eine herrlich ausgelassene Stimmung. Durch Lautsprecher konnte man istrische Musik hören und es wurde viel gelacht.

»Sag mal, Tom, wo hast du denn den Fischhauser gelassen?«, wollte Silvi wissen.

»Ach der, der gammelt an diesem herrlichen Abend allein in der Wohnung herum.«

»Echt?«, fragte Silvi erstaunt.

Susi grinste. »Du hättest ihn sehen sollen, wie er reagiert hat, als ich gefragt habe, ob die beiden Lust hätten, heut Abend mit uns gemeinsam Essen zu gehen. Ich hab schon geglaubt, er frisst mich gleich auf«, kicherte sie. Dann erklärte sie:

»Ich habe das Gefühl, dass er mich ganz besonders gern mag. Das weißt du jetzt nicht, Tom, aber der war in der Schule auch schon so komisch. Er hat mir schlechte Sachen angehängt, hat versucht, mich vor der Klasse schlecht zu machen, nur dass den Felix dummerweise niemand mehr mag und seine Rechnung somit nicht aufgegangen ist. Dich hat er ja scheinbar auf der Fahrt auch mächtig genervt, oder?«

»Allerdings. Ich hab ja schon einiges erlebt, aber so eine anstrengende Fahrt über eine relativ kurze Entfernung hatte ich noch nie. Nicht nur, dass er mich zu einer unfreiwilligen Pause gezwungen hat, die ich ihm aber letztes Endes gewähren musste, da wir sonst jetzt nicht hier wären, er hat auch noch das Navi deaktiviert, ihn hat das Kabel gestört, weshalb er es ausgesteckt hat.«

»Unglaublich«, antwortete Susi. »Ich hab mich schon gewundert, warum ihr so lange nicht angekommen seid. Ich hatte schon Angst, dass etwas passiert ist, aber zum Glück ja nicht.«

»Das wär´s noch gewesen. Wir sind über eine Stunde umhergeirrt, da ich das Navi ja nicht benutzen konnte und die Karte, die ich mir bei der Touristinfo geholt habe, unbrauchbar war. Dazu kam noch die Baustelle, weshalb wir noch dazu eine Umleitung fahren mussten und komplett die Orientierung verloren haben. Erst als das Navi wieder geladen war, hab ich das Ziel gefunden.«

»Ja, deshalb hab ich dich auch gefragt, ob du ein Navi hast, ohne ist die Ferienanlage sehr schwer zu finden«, antwortete Susi.

»Und noch was, stellt euch vor, der Typ hat

nicht einmal einen gültigen Ausweis dabei. Es grenzt an ein Wunder, dass wir die Grenzen passieren durften«, erzählte Tom weiter.

»Es wird immer besser«, warf Silvi ein. »Aber wäre das nicht eigentlich super gewesen? Dann hättest du ihn am Bahnhof in Villach abgeliefert und hättest allein weiterreisen können.«

»Ja schon, aber am Ende wäre er nicht zu Hause angekommen und dann hätten seine Eltern mir die Schuld dafür gegeben. Nein, es ist schon besser so, so nervig der Kerl auch ist«, erwiderte Tom. »Aber nun vergessen wir den Deppen mal für einige Zeit und genießen den Abend.«

»Das ist ein Wort«, sagte Susi mit einem Lächeln. Sie erhob das Glas und sprach einen Toast:

»Dann auf dich, Tom. Dass du es doch noch geschafft hast und jetzt hier bist, freut uns echt. Vor allem, dass du uns Gesellschaft leistest, find ich echt toll. Der Rest der Gruppe, vorneweg die Mädels, hat sich irgendwo verkrümelt, die denken ja alle nur an sich, konnten gar nicht schnell genug auf die Piste gehen, einfach furchtbar.«

»Ja Susi, ich mag das auch nicht so gerne, gut, ich mach schon mal gern einen drauf, aber wenn ich schon einmal im Urlaub bin, noch dazu in einer schönen Gegend, will ich etwas Landestypisches erleben, nicht nur saufen und so.«

»Das sehen wir ganz genauso«, sagte Silvi.

»Was meint ihr, trinken wir noch eine Runde?«, wollte Tom wissen.

»Ja gut, aber wirklich die letzte Runde«, sagte Susi. »Ich vertrag nämlich nicht so viel und hatte heute eh schon ziemlich starke Kopfschmerzen. Aber du kannst so viel trinken, wie du willst, wir leisten dir gerne Gesellschaft. Du hattest heute ja viel mehr Ärger als wir alle, deshalb entspann dich ruhig.«

Das ließ sich Tom nicht zweimal sagen. Nachdem sie den noch zusätzlich bestellten Weinkrug ausgetrunken hatten, orderte er noch ein Bier und einen Grappa für hinterher.

»Du hast heute aber ganz schön Durst«, bemerkte Silvi.

»Ach, ich konnte eine Ewigkeit keine Party mehr machen, heut ist es wieder mal fällig«, zwinkerte Tom. »Wie sieht´s aus, gehen wir noch woanders hin? Nach dem herrlichen Essen hätte ich noch Lust auf Tanzen. Ihr seid natürlich meine Gäste.«

»Ja gern«, antwortete Susi.

»Ach nee, ich bin müde, wir sind doch noch die ganze Woche hier, übertreiben wir mal nicht gleich so«, gähnte Silvi.

Susi stupste sie in die Seite. »Ach komm, Silvi, sei doch keine Spielverderberin, so jung kommen wir drei nicht mehr zusammen.«

»Na gut, aber nur noch auf einen Drink.«

Tom war mittlerweile von den vielen Getränken beim Abendessen ziemlich angeheitert und steuerte mit den beiden Mädels an der Hand in eine nahegelegene Disco. Auf der Tanzfläche angekommen wurde erst mal so richtig abgetanzt. Es herrschte eine extrem ausgelassene Stimmung. Aus den Lautsprechern erklangen Klassiker der Rockmusik, also genau das Richtige für Tom. Eine Stunde war vergangen, als er zur Bar ging und mit drei Gläsern Bacardi on the Rocks zurückkam.

»Mädls, für euch.«

»Oh nein, für mich nicht«, wehrte Silvi ab. »Und du hast langsam auch genug.«

Auch Susi wollte nichts mehr trinken. Also musste Tom wohl oder übel alle Gläser leeren, was eine rasche Veränderung seines Zustandes bewirkte. Aus einer leichten Angetrunkenheit wurde ein Vollrausch. Er lehnte so an einer Säule im Innenraum der Disco und wollte sich gerade eine Zigarette anzünden, als Susi auf ihn zukam.

»Tom, es ist wirklich besser, wenn wir jetzt alle drei nach Hause gehen. Es ist bereits ein Uhr.«

»Was, ihr wollt schon gehen?«, lallte Tom.

»Ja, komm, morgen ist auch noch ein Tag und es wäre doch schade, wenn wir den verpassen, weil wir so fertig vom Feiern sind.«

»Okay, gehen wir«, willigte Tom ein.

Die drei verließen die Lokalität.

»Kommt, ich glaub, da drüben in der Bar ist

auch noch was los, gehen wir hin.«

»Tom, sei vernünftig«, versuchte Susi, ihn zu bremsen.

Schließlich gab er nach und die drei gingen nach Hause, Tom in der Mitte, eine Zigarette im Mund, die beiden Mädels hatte er im Arm. Auch wenn er Mühe hatte, auf einer geraden Linie zu gehen, konnte er sich doch immer noch orientieren und wusste genau, wo sie waren. Gegen ein Uhr dreißig erreichten sie das Quartier. Susi begleitete Tom zu seiner Tür und half ihm dabei, sie aufzusperren.

»Also gute Nacht, du Partylöwe«, verabschiedete sie sich lachend.

»Gute Nacht«, lallte Tom, »entschuldige, dass ich euch so viel Ärger beschert habe.«

»So ein Blödsinn«, antwortete Susi. »Das kommt vor, wir haben doch alle schon mal einen über den Durst getrunken – ich auch schon mehrmals, frag Silvi, also mach dir da mal keine Gedanken. Jetzt schlaf dich mal so richtig aus, morgen sieht dann alles wieder ganz anders aus. Ich denke, vor elf Uhr wirst du sowieso nicht aufstehen«, scherzte sie. »Ich komm dann morgen mal rüber und schaue, wie es dir geht. Gute Nacht!«

»Nacht, Susi«, lallte Tom.

Er betrat die Wohnung und fiel angezogen auf sein Bett. Obwohl seine Wahrnehmung durch den vielen Alkohol gestört war, konnte er immer noch das Schnarchen des Fischkopfes wahrnehmen, das einem grunzenden Schwein glich.

»Hey Felix, kannst du nicht leiser schnarchen, ich will schlafen, verdammt noch mal!«, rief er.

Felix, der von diesem Schrei wach wurde, fuhr gereizt auf.

»Ach, der Herr Niederhuber ist auch schon da«, höhnte er. »Du warst also beim Saufen, das fängt ja gut an. Ich wünsche dir, dass der morgige Tag für dich zur Hölle wird, du sollst so starke Kopfschmerzen haben, dass du den ganzen Tag flach liegst, das hättest du dir verdient.«

»Jetzt halt die Klappe und lass mich schlafen!«, reagierte Tom ebenfalls gereizt.

Mit letzter Kraft legte er seine Kleidung ab und fiel ins Bett, wo er kurz darauf einschlief.

Auweia, der nächste Tag konnte unangenehm werden, und da waren die Kopfschmerzen noch das geringste Übel …

Katerstimmung

Der Morgen nach einer durchzechten Nacht ist meist alles andere als angenehm für die Beteiligten, jedoch kam Tom glimpflich davon. Er hatte zwar schon leichte Kopfschmerzen, jedoch nicht so schlimm, wie man hätte vermuten können. Zwar blieb Tom länger liegen als gewohnt, aber er konnte gegen elf Uhr problemlos aufstehen, frühstücken und den weiteren Tagesablauf planen. Der Fischkopf war, wie erwartet, ziemlich sauer.

»So, hat sich der gnädige Herr schon ausgeschlafen?«, fragte er wie gewohnt in einem aufgerauten Ton.

»Was soll das denn wieder heißen?«, wollte Tom wissen.

»Es ist alles super, nur, dass ich gestern den Abend allein verbringen durfte, während du mit diesen Ziegen um die Häuser gezogen bist und dich so richtig volllaufen hast lassen.«

»Du hättest ja mitgehen können, aber das wolltest du ja nicht. Du warst so richtig unfreundlich zu Susi, sagtest, wir hätten schon gegessen, was so ja auch nicht richtig war, denn nur du hast dir diesen Schrott an der Raststätte reingestopft, diese eklige Zeug.«

»Mir hat es geschmeckt«, antwortete Felix.

»Das glaub ich dir gern, du frisst ja auch jeden Mist.«

»Ja, ich bin halt nicht so wählerisch!«

»Sag mal, was hab ich dir eigentlich getan?«, wollte Tom erneut wissen.

»Wenn du das noch fragst, tust du mir wirklich leid! Wenn ich an die Fahrt gestern denke, dass du mich allein zurückgeschickt hättest, wenn es an der Grenze Probleme gegeben hätte, dann find ich das schon sehr egoistisch von dir!«

»Geht das schon wieder los«, seufzte Tom.

»Ja, weich nur immer schön aus, wenn du das gleich gesagt hättest, dass du mich einfach abschieben willst, wäre ich auch nicht mitgekommen.«

»Abschieben nennst du das, wenn du dich zurückziehst. Ich hab nicht die weite Reise hierher gemacht, damit ich dann die ganze Zeit auf dem Zimmer sitze, das musst du schon verstehen«, stellte Tom klar. »So, ich will jetzt nichts mehr hören, bin unter der Dusche!«

Tom verschwand im Bad.

Zehn Minuten später klingelte es an der Tür. Da Tom immer noch im Bad war, öffnete sein ungeliebter Zimmergenosse. Vor der Tür stand Susi.

»Guten Morgen, Felix!«

Felix gab keine Antwort.

»Du bist heute aber gesprächig«, bemerkte Susi.

»Was geht dich das an, wenn ich heute nicht gut drauf bin?«, gab der Fischkopf zur Antwort

»Entschuldigung, is ja gut, du bist ja eigentlich nie gut drauf, deshalb bin ich das von dir schon gewohnt. Sag mal, ist Tom schon wach?«

»Der steht unter der Dusche«, antwortete der Fischkopf.

»Wie gehts ihm denn heute?«, wollte Susi wissen.

»Scheinbar gut, wobei es ihm recht geschehen wäre, wenn es ihm schlecht ergehen würde, nachdem ihr es ja wohl so richtig krachen habt lassen, Tom hier mit einem Vollrausch angekommen ist.«

»Sag mal, wie bist du denn drauf? Wie kannst du nur so boshaft sein? Tom hat dir nichts getan, aber ich hab keine Lust mehr, mit dir zu diskutieren. Sag Tom, dass wir ab vierzehn Uhr vorne am Meer sind, also ich und noch ein paar von der Gruppe, er weiß schon Bescheid, wo genau das ist. Ich würde mich wirklich sehr freuen, wenn er auch käme. Du kannst natürlich gerne mitkommen, wenn du willst.«

Dieses Angebot von Susi schlug Felix natürlich aus.

»Danke, aber auf euch Weiber und Vollpfosten hab ich nun gar keine Lust heute!«

»Du mich auch«, antwortete Susi verärgert.

Felix knallte die Tür hinter sich zu. Währenddessen kam Tom mit nassen Haaren, aber fertig angezogen aus dem Bad.

»Was ist los?«, fragte er den Fischkopf.

Nun sah Felix eine willkommene Gelegenheit, Tom die restlichen Tage an sich zu binden, ihn so richtig auszunutzen, er musste nur ein wenig lügen, was für ihn ja kein Problem war, da er schon Übung darin hatte.

»Susi war hier. Und damit du es weißt, sie sagte, dass sie sich über dich gestern wirklich geärgert hat und sie will dich deshalb die nächste Zeit nicht mehr sehen!«

»Was? Sie war hier, um mir das zu sagen?«

»Jawoll, deshalb war sie hier.«

Tom war geknickt. Äußerst lustlos nahm er eine Zigarette zur Hand und ging auf die Terrasse.

»Du brauchst jetzt gar kein so blödes Gesicht machen, bist schließlich selber schuld an Susis Reaktion, du musstest dir ja so richtig die Kante geben, so was hat meistens Konsequenzen!«, schimpfte der Fischkopf auf Tom ein.

Nun war der Urlaub für Tom eigentlich schon gelaufen, obwohl er gerade erst begonnen hatte. Am liebsten wäre er auf der Stelle wieder heimgefahren, wenn sich nicht doch noch eine Wende vollzogen hätte …

Die Hölle unter Palmen

Deprimiert hockte Tom an diesem Vormittag auf der Terrasse und rauchte bereits die dritte Zigarette in Folge.

›Es war doch so ein schöner Abend gestern und jetzt das! Verdammte Sauferei‹, dachte er.

»Hätte ich doch nur die Finger vom Schnaps gelassen«, sagte er laut.

»Ja mein Gott, jetzt is´ es, wie es is´«, gab der Fischkopf seinen Senf dazu. »Aber für mich ist es umso besser, dann kannst du mich heute zum Pool begleiten.«

»Ja, sonst noch Wünsche?«, antwortete Tom auf dieses Angebot, das niemand ausschlagen konnte. »Erst behandelst du mich wie den letzten Dreck und dann soll ich dich zum Pool begleiten? Was willst du da eigentlich? Du gehst ja eh nicht ins Wasser.«

»Das lass mal meine Sorge sein, aber du hast sicher Verständnis dafür, dass ich ned den ganzen Tag hier bleiben will.«

»Ach, jetzt auf einmal. Gestern hast du dich verkrümelt, heute willst du plötzlich raus, aber gut! Du kannst machen, was du willst, aber ohne mich, mir reicht es heut schon wieder. Ich geh mal in den Ort, muss mal für ein paar Stunden allein sein.«

Tom schlug die Tür hinter sich zu und ging die Straße in Richtung Zentrum. Auf halber Strecke traf er Armin, der auch gern mal für sich war. Er war keineswegs ein Einzelgänger, aber er hatte Interessen, die er nicht mit jedem teilen konnte, und so seilte er sich auch gelegentlich mal ab und beobachtete, was sich so alles an diesem Ort abspielte. Da er zu Hause schon seit Jahren eine feste Freundin hatte, war er auch nicht daran interessiert, mit einer Mitschülerin etwas anzufangen. Auch wenn Armin bis zu diesem Zeitpunkt nicht Toms bester Freund war, so verstand er sich doch ganz gut mit ihm. Schon in der Schule wechselten sie des Öfteren ein paar Worte und gerade in der jetzigen Situation in Rovinj war er so richtig froh, dass er Armin in der Stadt getroffen hatte. Dieser schien ebenso erfreut über die Begegnung.

»Hi Tom«, rief er. »Na, bist du heute auch allein unterwegs?«

»Ja, musste mal raus«, gab Tom zur Antwort.

»Sag mal, was machst du denn für ein Gesicht? Wir haben doch Urlaub, die Prüfungen sind vorbei, noch dazu ist heute doch ein so herrlicher Tag.«

»Ich weiß auch nicht, mir ist heute nicht so nach Spaß.«

»Komm, du hast doch etwas, erzähl, was los ist! Willst du eine?«

»Danke.«

Tom nahm von Armin eine Zigarette und Armin gab ihm Feuer. Dann setzten sie sich auf eine Bank am Hafen und Tom begann zu erzählen.

»Gestern Abend war ich mit Susi und Silvi unterwegs, wir waren essen, was trinken und dann noch in der Disco.«

»Hm, das klingt doch super!«

»Ja, aber stell dir vor, als ich vorhin unter der Dusche stand, war Susi da und hat mir ausrichten lassen, sie hätte sich über mich geärgert und wolle so schnell nichts mehr mit mir zu tun haben.«

»Wer hat das gesagt?«, wollte Armin wissen. Dann stutzte er.

»Moment mal, du bist doch mit Felix auf dem Zimmer, oder?«

»Ja, stimmt.«

»Okay, dann ist mir alles klar. Irgendwie kann ich mir das nicht vorstellen, dass Susi das gesagt hat, das ist nicht ihre Art, das ist nämlich genau eine Stärke von ihr, dass sie in keinster Weise nachtragend ist. Man muss sich schon so einiges leisten, wenn man sie wirklich verärgern will, da reichen ein paar Gläschen zu viel keineswegs aus. Ich kenn sie ja schon ewig, wir wohnen ja nur ein paar Straßen voneinander entfernt. Ich kann mir ehrlich gesagt auch nicht vorstellen, dass sie gerade dir beleidigt ist, sie mag dich sehr gern, so wie ich das so mitbekommen habe. Bei Silvi kann ich mir das eher vorstellen, wobei die auch eher locker drauf ist. Wenn du mich fragst, hat dich der Felix verarscht, und das auf eine ganz üble Art und Weise. Aber sag mal, wieso glaubst du dem überhaupt irgendwas? Der erzählt doch nur Mist. Das ist ein ganz boshafter Kerl. Der muss echt froh sein, dass du ihn überhaupt mitgenommen hast, hätte ich an deiner Stelle nicht getan, da wär ich lieber zu Hause geblieben.«

»Das wollte ich dann auch nicht«, antwortete Tom.

»Ja, verständlich, da wär dir auch so einiges entgangen, aber lass dich doch von dem gern haben, er hat es wirklich nicht anders verdient.«

»Ich wäre auch lieber allein gefahren, er ist nichts weiter als ein Klotz am Bein, macht immer so auf Mitleid, wie schlecht es ihm geht, ist aber noch dazu rotzfrech, schlimmer, als ich gedacht hätte.«

»So kennen wir ihn«, antwortete Armin trocken.

»Und weißt du, was er gesagt hat, nachdem er mir die Nachricht aufgetischt hat?«

»Nein, erzähl.«

»Er sagte, ich hätte ja jetzt Zeit für ihn, jetzt, wo die Mädels und sicher auch der Rest der Truppe nichts mehr mit mir zu tun haben will.«

»Daran kannst du es ja schon sehen, das ist alles von ihm inszeniert, damit er dich an sich binden kann.«

»So ein Mistkerl!«

»Das kannst du laut sagen«, stimmte Armin zu. »Komm, hast du Lust auf ein Bier?«

»Ja, das ist eine gute Idee!«

»Da hinten ist ein gemütliches Café, komm, ich lad dich ein.«

Sie setzten sich an einen runden Tisch, Armin bestellte zwei landesübliche Biere und legte eine Schachtel Zigaretten auf den Tisch.

»Wenn du noch eine willst, brauchst du nicht erst zu fragen, bedien dich einfach!«

»Oh ja, danke, Armin.«

»Wenn ich dich mal fragen darf, stehst du auf Susi?«

Tom wurde rot.

»Mann, raus mit der Sprache, du brauchst dich doch nicht zu genieren, das ist doch das Normalste auf der Welt, wenn man sich verknallt, noch dazu in eine Frau wie Susi.«

»Ja, du hast schon recht, sie würde mir schon gefallen, aber ob sie mich auch mag, ist die Frage.«

»Ehrlich gesagt, ich glaube schon. Sie hat schon öfter indirekte Andeutungen gemacht, dass sie dich toll findet, auch gestern auf der Fahrt, als ihr nicht mehr da wart und wir noch einmal gemeinsam an einer Tankstelle Halt gemacht haben. Du kannst gern mal die anderen fragen, die können das bezeugen. Aber das ist doch echt super, du kannst hier die Zeit nutzen, um an sie ranzukommen, den ersten Schritt hast du ja bereits gemacht.«

»Ja, aber das war ja nicht so toll.«

»Ach was, der Fischkopf hat dich übelst belogen, wirklich, aber das zahlen wir ihm heim, ich hab da auch schon eine Idee. Komm, wenn du ausgetrunken hast, machen wir einen kleinen Besuch bei ihm am Pool.«

Als die Gläser leer waren, erhoben sie sich von ihren Plätzen, um zurück zum Quartier und an den Pool zu gehen, wo sie den Fischkopf vermuteten, und tatsächlich war er auch da. Er lag angezogen mit einer penetrant bunten Bermuda und einem bunten Poloshirt, das außer ihm kein Mensch tragen würde, auf einer Liege und las die Zeitschrift *Sport extra*, welche er auch auf der Fahrt bereits ständig gelesen hatte. Die beiden Freunde marschierten auf ihn zu und legten sich links und rechts neben ihn.

»Hallo Felix«, grüßte Armin.

»Was wollt ihr denn hier?«, antwortete der Fischkopf. »Macht, dass ihr hier verschwindet!«

»Aber, aber, jetzt mal ruhig, wir wollen dir doch nur Gesellschaft leisten«, grinste Armin.

»Ihr könnt mich mal, ich geh mich jetzt umziehen und hol mir was zu trinken, und wenn ich zurück bin, seid ihr weg, kapiert?«

Felix erhob sich von seiner Liege und ging in die Lobby, an die der Pool angrenzte, jedoch, ohne seine Sachen mitzunehmen. Als er weg war, beugte sich Armin zu Tom hinüber.

»Gibst du mir mal bitte die Sportzeitschriften?«

»Ja klar, aber was willst du damit?«

»Wart es ab, ich bin gleich wieder da.«

Nach circa fünf Minuten kam Armin mit anderen Zeitschriften, die jedoch auf den ersten Blick identisch wirkten, zurück. Es handelte sich um Ausgaben der Erotikzeitschrift *Play*. Muskulöse, nackte Frauen zierten die Titelseite.

»Hier hab ich mal was Interessantes für unseren Freund, was er sicherlich noch nie gesehen hat. Er soll auch mal eine Frau zu sehen bekommen, sonst hat er ja gar keine Chance.«

»Ja, aber da wird er mir dann wieder die Ohren vollsingen.«

»Ach Tom, das nehm ich auf meine Kappe. Ich habe ihm auch einen kleinen Gruß auf eine Ansichtskarte geschrieben und in die Zeitschriften gelegt, du hast damit also nix zu tun.«

»Aber das muss ja auch nicht sein.«

»Ach, das ist es mir wert für den Affen, und nach dem, was er dir angetan hat, geschieht ihm das ganz recht. Jetzt aber schnell weg, komm, wir verstecken uns hinter der Hecke, meine Cam hab ich auch dabei, seinen verdutzten Blick müssen wir unbedingt festhalten.«

Kaum hatten sich die beiden positioniert, kam Felix auch schon mit einem großen Glas Limonade mit Schirmchen zurück. Zur Verwunderung der beiden hatte er sogar eine Badehose angezogen, allerdings eine, die ihm viel zu klein war und über die der Bauch wie eine Schürze hing. Tom und Armin sahen grinsend zu, als Felix den Tausch seiner geliebten Zeitschriften bemerkte. Armin machte zahlreiche Fotos von der Reaktion des Fischkopfes, sein Gesichtsausdruck war sagenhaft.

Damit jedoch, was dann passierte, hatte niemand gerechnet. Der Fischkopf sprang wütend von der Liege auf, nahm die *Plays* und schleuderte sie in den Pool. Auf dieses Verhalten wurde der Poolboy aufmerksam. Er stürmte auf Felix zu und forderte ihn in einem perfekten Deutsch auf, sofort seinen Müll aus dem Schwimmbecken zu entfernen. Felix weigerte sich jedoch, gab nur patzige Antworten. Der Poolboy verwies den Flegel daraufhin auf die Benutzungsordnung für das Schwimmbad und erteilte ihm für die gesamte restliche Dauer des Aufenthaltes Nutzungsverbot für den Pool. Tom und Armin beobachteten das Geschehen aus sicherer Distanz und amüsierten sich köstlich. Eines war klar, ab sofort war der

Fischkopf für Tom erledigt, gar nichts würde er noch für ihn tun.

»Das war echt spitze, Armin!«

»Gell, den haben wir so richtig verarscht, aber seine Reaktion übertraf alles.«

»Eine Sache musst du mir noch erklären, woher hattest du die Magazine?«

»Ach, die hab ich immer dabei, wenn meine Freundin nicht dabei ist, ich brauch das.«

»Echt?«, wollte Tom wissen.

»Blödsinn, die hab ich an dem Kiosk da drüben an der Straße gesehen, als wir vorhin unterwegs waren, deshalb bin ich schnell hin und hab sie gekauft, haben nicht viel gekostet, da es eh ältere Ausgaben waren. Das hättest du doch merken müssen, dass ich nicht so schnell zurück gewesen wäre, wenn ich aufs Zimmer gegangen wäre, um sie zu holen.«

»Stimmt, daran hab ich nicht gedacht, aber wo sind jetzt die *Sport extras*?«

»Die liegen unter der Liege. Wenn der Fischkopf clever ist, kommt er drauf, wenn nicht, ist er selbst schuld. Aber jetzt was anderes, du kommst nachher schon mit an den Strand, oder? Die Susi ist auch dabei. Du wirst sehen, ich glaube, dass du gar nicht viel machen musst, ihr werdet zusammenkommen, das spüre ich.«

»Okay, ich komm mit«, sagte Tom zu.

»Stark, bis später«, verabschiedete sich Armin.

Tom war nun wieder gut gelaunt, diese Laune hielt leider jedoch nicht allzu lange an …

Sommer, Sonne, Traurigkeit

Nachdem Tom und Armin dem Fischkopf eine Lektion erteilt hatten, die er so schnell nicht vergessen würde, bereitete sich Tom also auf den Nachmittag vor, den er gemeinsam mit der Clique, vor allem mit Susi, verbringen würde. Er freute sich so richtig darauf. Frohen Mutes packte er seine Badetasche, legte noch einige Bier, die er am Vormittag gekauft und im Eisfach vorgekühlt hatte, in eine kleine Kühlbox und rollte eine Badematte zusammen. Nun war es Viertel vor zwei, Zeit zum Aufbruch. Die Sonnenbrille aufgesetzt und ab zum Beach. Der Strand, an dem sich alle treffen würden, lag nur wenige Minuten vom Quartier entfernt. Tom war der Erste. Natürlich war er allein gekommen, da Felix, wie er gegenüber Susi ja bereits betont hatte, keine Lust auf Geselligkeit hatte. Er gammelte auf der Terrasse herum, trank seine klebrige, geschmacklose Billiglimonade, von der er gleich einen 6er-Pack bei der Anreise an der Autobahnraststätte gekauft hatte und las seine Sportzeitschrift, die er nun »ungestört« genießen konnte.

Langsam fanden sich alle am Treffpunkt ein.

Sie breiteten ihre Handtücher und Badematten auf dem Kiesstrand aus und markierten so ihr Revier, in dem sie sich die nächsten Stunden aufhalten würden, bis sie alle durch die Sonne knusprig gebraten waren. Mittlerweile war der Badeplatz gut gefüllt, es schienen nahezu alle anwesend zu sein, von Susi und Silvi fehlte jedoch jede Spur.

In Tom kam ein Gefühl der Enttäuschung hoch. Die Euphorie, mit der er sich auf das nachmittägliche Treffen vorbereitet hatte, schlug um in Traurigkeit. Er wollte schon wieder seine Sachen zusammenpacken und das Weite suchen, als ihm Armin entgegenkam und ihn daran hinderte.

»Hey Tom, wo willst du denn hin, bist ja gerade erst gekommen!«

»Armin, ich bin enttäuscht, ich glaube, die Aussage von Felix ist doch keine Lüge …«

»Wie kommst du denn darauf?«

»Schau dich doch um, alle sind da, nur Susi und Silvi nicht.«

»Mensch Tom, jetzt übertreib mal nicht, es ist jetzt gerade mal halb drei, die werden schon noch kommen.«

»Glaubst du wirklich?«

»Ja, das glaub ich, Mensch, jetzt entspann dich doch mal. Hier, rauch eine und relaxe, wir sind hier auf Abschlussfahrt, das muss man genießen. So jung und unbeschwert kommen wir nicht mehr zusammen. Und selbst wenn sie nicht mehr kommen, willst du dann wie der Fischkopf auf deinem Zimmer rumgammeln? Ehrlich gesagt glaub ich nicht, dass du das willst, wie ich dich einschätze.«

Tom gab nach. Rauchend setzte er sich auf seine Matte, rieb sich mit Sonnenmilch ein und versuchte ein wenig zu bräunen. Die beiden hatten sich etwas abseits niedergelassen, von wo aus sie jedoch den gesamten Strandabschnitt überblicken konnten. Dieser Platz hatte den entscheidenden Vorteil, dass man sich auch mal unterhalten konnte, ohne dass die anderen alles mithören konnten. Knapp eine Stunde war nun vergangen und von den beiden Mädls fehlte immer noch jede Spur.

»Siehst du Armin, sie sind nicht gekommen.«, sagte Tom leise.

»Mensch Tom, langsam nervst du, da ist sicher was dazwischengekommen. Ehrlich gesagt hat Susi gestern Abend schon ziemlich schlecht ausgesehen, ist dir das gar nicht aufgefallen?«

»Stimmt, jetzt, wo du es sagst, aber das waren sicher nur die Strapazen von der Fahrt.«

»Das glaub ich eher weniger. Wenn du mich fragst, ist Susi nicht hier, weil es ihr nicht gut geht. Du kannst ja nachher mal bei den Mädels klingeln und nachfragen.«

»Nein, das mache ich lieber nicht, das sähe ja aus, als wollte ich Susi nachsteigen.«

»Gut, das sehe ich jetzt nicht so kritisch, aber du könntest recht haben. So, und jetzt gehen wir mal ins Wasser und danach was trinken, damit du auf andere Gedanken kommst.«

Sie machten sich also auf, um baden zu gehen, und dann sah Armin etwas, was ihn interessierte.

»Hey Tom, bist du schon einmal Bananenboot gefahren?«

»Nein, noch nie, das ist doch mehr was für Kinder, oder?«

»Ach nein, komm, hier kennt uns keiner. Wollen wir das nicht mal ausprobieren? Ich habe das schon so oft gesehn, aber selber auch noch nie gemacht. Ich lad dich ein. Nun komm schon, das ist sicher total lustig.«

»Na gut«, gab Tom nach.

Vor dem Stand, der diese coole Aktivität anbot, stand bereits eine Gruppe von Interessenten, sodass die beiden sich einfach nur anschließen mussten. In Reih und Glied saßen sie nun auf dem aufgeblasenen Bock, das Boot raste los, riss die Mannschaft hinaus auf das offene Meer, bis schließlich eine scharfe Kurve das Gefährt zum Umkippen brachten und alle ins Wasser fielen. Ein lustiges, jedoch sehr kurzes Vergnügen. Äußerlich sah es zwar so aus, als würde es Tom aufheitern, er fühlte sich in diesem Moment auch richtig gut, aber eigentlich war es nur ein schwacher Trost. Nach dieser willkommenen Abkühlung ging es zu einer Strandbar. Tom revanchierte sich für die »Abfrischung«, indem er Armin mehrere Getränke ausgab. Die beiden saßen also an ihrem Tisch und beobachteten erneut das Geschehen am Strand, die braungebrannten Frauen im Bikini, die vorbeigingen, und was sich sonst so alles abspielte.

»Tom, was hältst du davon, wenn wir heute Abend mit dem Shuttleboot auf die Partyinsel fahren?«, schlug Armin vor. »Ich hab da heute einen Flyer bekommen, sieht cool aus, ich denke, da können wir so richtig abfeiern. Ich weiß auch, wo dieses Shuttle ablegt.«

»Ich weiß nicht, ich glaube, lieber nicht.«

»Aber warum denn nicht? Okay, du bist enttäuscht, weil Susi nicht da ist, das verstehe ich absolut, ich denke, das hat jeder von uns schon einmal mitgemacht. Dann kommt bei dir noch der ganze Ärger mit dem Fischkopf dazu, aber lass dir doch den Spaß nicht verderben. Du bist jetzt hier mit uns im Urlaub. Ich weiß auch, dass einige aus der Clique nicht so glücklich sind, dass du dabei bist, obwohl du nicht zu unserer Klasse gehörst, aber lass dich doch von denen gern haben. Lothar hat bei euch in der Klasse gefragt, ob jemand auf unsere Fahrt mitkommen will, und du hast dich gemeldet, finde ich echt toll, aber das mit dem Felix ist ein starkes Stück. Der hat sich nämlich regulär für die Fahrt gar nicht angemeldet, wuss-

90

test du das?«

»Er hat sich wohl plötzlich umentschieden«, antwortete Tom.

»Ja genau, letzten Samstag fiel ihm dann plötzlich ein, dass er doch mitfahren will, und Lothar hat ihm zugesagt. Also, ich an seiner Stelle hätte das nicht gemacht, aber da wollte er wieder den Gutmenschen spielen und hat ihn aus Mitleid dann doch mitgenommen. Gut, das kann er machen, aber dass er ihn dann dir auf das Auge gedrückt hat, finde ich nicht in Ordnung. Wenn jemand anders aus unserer Klasse noch Lust gehabt hätte, mitzufahren, hätte er denjenigen beziehungsweise diejenige sicher nicht mehr mitgenommen, es sind ja nicht alle auf dieser Fahrt dabei, wie du siehst.«

»Nein, ich finde das auch absolut nicht in Ordnung, der Kerl ist wirklich wesentlich schlimmer, als ich gedacht hätte«, antwortete Tom.

»Ja, da siehst du mal. Und Lothar bewohnt übrigens auch alleine ein Appartement für zwei, wie ich herausgefunden habe. Der hätte ihn also auch aufnehmen können, aber er will sich das natürlich nicht antun, da benutzt er lieber andere. Ich will ehrlich gesagt mit Lothar nicht mehr allzu viel zu tun haben«, sagte Armin.

»Ja, das kann ich gut verstehen«, erwiderte Tom. »Also gut, wir fahren heute Abend nach unserem gemeinsamen abendlichen Treffpunkt noch auf die Insel«, sagte er zu.

»Cool, das nenn ich ein Wort!«, freute sich Armin. »Ich sag es dir, du wirst es nicht bereuen und da drüben gibt es so viele hübsche Mädels, da ist für jeden eine dabei.«

Diese Worte trafen Tom sehr tief.

»Oh, entschuldige, das war jetzt so nicht gemeint«, versuchte Armin Tom zu trösten.

»Nein, schon gut, du hast ja völlig recht, ich sollte Susi vergessen, aber das ist nicht so einfach für mich.«

»He, du sollst sie überhaupt nicht vergessen, gib der Sache nur ein wenig Zeit. Komm, wir sind ja gestern erst angekommen, ihr werdet euch garantiert bald wieder treffen und dann wirst du ja sehen, was aus euch wird. Aber heute Abend wollen wir ein wenig feiern.«

»Wollen wir noch etwas trinken?«, fragte Tom.
»Ja klar.«

Armin winkte einen Ober herbei und bestellte zwei Cuba Libre.

»Die gehen auf mich«, sagte Armin.

»Du spinnst, du kannst doch nicht ständig was ausgeben.«

»Doch, das geht schon, mein Vater hat mir so viel Geld für die Reise mitgegeben, wie ich in einer Woche niemals ausgeben kann, aber wenn er schon so großzügig ist, dann wird das auch verbraucht – mit Freunden!«

»Okay, dann danke! Auf dich!«

»Was wollen wir denn bis heut Abend noch machen?«, fragte Tom.

»Jetzt trinken wir erst einmal ganz gemütlich aus, dann sonnen wir uns ein wenig und gehen noch einmal eine Runde schwimmen, wenn du Lust hast.

»Okay, klingt gut.«

Die beiden genossen, wie die meisten der Clique auch, den Nachmittag in vollen Zügen, soweit man das in Toms Fall *genießen* nennen konnte. Zwar machte er alles mit, äußerlich ließ er sich auch nichts anmerken, aber so richtig in Stimmung war er eben doch nicht. Nun war der Abend gekommen. Nachdem sich Tom noch kräftig mit dem Fischkopf gezankt hatte und dieser sich erneut geweigert hatte, am Abendprogramm teilzunehmen, erschien er also wieder allein als einer der Ersten beim abendlichen Treffpunkt. Er hatte die Hoffnung noch nicht aufgegeben, dass Susi wenigstens abends kommen würde. Der gemeinsame Abend sollte in einer Cocktailbar, der Cocktaillounge Malibu, starten. Hier gab es nicht nur Drinks, sondern auch Essen zu vernünftigen Preisen. Der Plan war also, zunächst gemeinsam das Abendessen einzunehmen, danach auch noch einige Zeit in der Bar zu verweilen und ein paar Drinks zu vernichten und später, wenn man noch Lust dazu hatte, weiterzuziehen in andere Bars und Kneipen beziehungsweise Diskotheken.

Wie Tom es befürchtet hatte, erschien Susi auch an diesem Abend nicht. Wieder war es da, das Gefühl der tiefen Enttäuschung. Auch Armin erschien zunächst nicht, schien sich zu verspäten, womöglich hatte auch er Tom im Stich gelassen. So saß er nun an einem Tisch mit drei Kollegen aus der Clique, die seine Anwesenheit jedoch nicht weiter schätzten. Sie sprachen nur untereinander, aber kein einziges Wort mit ihm. Es war grauenhaft, er hatte das Gefühl, dass wirklich niemand mit ihm etwas zu tun haben wollte. Widerwillig bestellte er sich einen großen Burger mit Pommes und ein großes Bier und begann zu essen. Das Essen war wirklich vorzüglich, trotzdem hatte Tom keinen Appetit. Schließlich kam Armin doch noch, aber setzen wollte er sich nicht.

»Hi Tom, entschuldige vielmals, aber mir ist etwas dazwischengekommen, hab meine Geldbörse verlegt und musste ewig suchen. Willst du noch hierbleiben oder gehen wir gleich?«

Nur zu gern entschied sich Tom, aufzubrechen.

Nachdem er die Rechnung bezahlt hatte, brachen sie also auf und machten sich auf den Weg zum Hafen, von wo aus das Shuttle zur Partyinsel ablegte. Dort angekommen wartete das Schiff auch schon auf Fahrgäste. Aber hier gab es eine unangenehme Überraschung, denn die Überfahrt auf die nahegelegene Insel kostete hin und zurück umgerechnet zwanzig Euro pro Person.

»Armin, die haben doch wirklich einen Knall!«

»Ja, da hast du recht, es ist wirklich extrem, was die haben wollen.«

»Wollen wir dann überhaupt rüberfahren?«

»Das überlass ich jetzt dir. Ich muss nicht unbedingt rüber, ich wusste auch nicht, wie teuer das ist, aber wenn du willst, bin ich natürlich dabei.«

»Also gut, dann machen wir es.«

Sie stiegen in das Boot und nach circa fünfzehn Minuten waren genug Passagiere vorhanden, sodass das Shuttle ablegte. Die Fahrt dauerte rund zehn Minuten. Sie verließen den Hafen in Richtung offenes Meer und näherten sich einer fremden Welt. Auf der Insel war nichts wie am Festland, alles schien sehr modern, wie aus dem Boden gestampft, und nachts bunt illuminiert. Von Weitem drangen schon die ersten Lichtstrahlen, eine Mischung aus Diskolicht und bunten Leuchtreklamen, hinaus ins offene Meer, wo sie sich spiegelten. Laute Musik dröhnte ebenfalls schon von Weitem dem Schiff entgegen. Im Partyparadies angekommen betraten die Neuankömmlinge vom Steg aus zunächst einen künstlich angelegten Karibikstrand, an dem offenbar auch nachts noch eifrig gebadet wurde. Eigentlich war dieser Strand schön anzusehen, hätten sich dort nicht überall Betrunkene getummelt. Tom blickte hinüber zu einem Punkt, der nicht so hell erleuchtet war, und glaubte seinen Augen nicht trauen zu können. Es schien ihm, als würden zwei junge Frauen nackt von einem Steg aus in das Wasser springen. Er sah noch einmal genauer hin – und tatsächlich. Auf dieser Insel schien wohl alles erlaubt zu sein, keine Regeln, jeder machte, was ihm gerade so einfiel. In dieser Atmosphäre fühlten sich die beiden »Partylöwen« alles andere als wohl. Selbst Armin, der ja eigentlich offen für alles war, war dieses Treiben zu heftig. Er hatte recht, es gab hier genügend Frauen, aber die meisten von ihnen waren, abgesehen davon, dass der Großteil von ihnen betrunken war, nicht einmal sonderlich hübsch, nur extrem aufgetakelt und außerdem meist nur auf der Suche nach einer bestimmten Sache.

So beschlossen die beiden, nicht die umworbenen Großdiskotheken, in denen es mit Sicherheit noch extremer war, aufzusuchen, sondern in einer ruhigeren Bar einen Drink zu genießen. Auf der anderen Seite der Insel wurden sie schließlich fündig. Eine kleine Open-Air-Bar unter Pinienschirmen, in der Reggae gespielt wurde, eine Musik, die sehr gut zur Atmosphäre passte und eine willkommene Abwechslung zur Elektromusik bot, die in den meisten anderen Lokalen dahindudelte. Hier war es ruhiger als in diesen Lokalen und man konnte ein wenig entspannen.

»Ganz schön extrem hier auf dieser Insel, findest du nicht, Armin?«

»Irgendwie schon, aber jetzt sind wir hier, machen wir das Beste daraus.«

Armin bestellte zwei Caipirinha. Die beiden saßen in einem Liegestuhl am Strand und blickten auf das offene Meer, aber auch an diesem Ort, der ganz anders war als der Rest dieser künstlichen Partywelt, konnte Tom nicht richtig abschalten und genießen.

Es dauerte nicht lange, bis sich links und rechts in die freien Liegestühle neben ihnen zwei junge Frauen platzierten. Sie kamen aus Deutschland, das konnte man an ihrem Verhalten deutlich erkennen, ohne auch nur ein gesprochenes Wort gehört zu haben.

»Hallo Jungs«, grüßten sie die beiden. »Ist bei euch noch frei?«

Armin war sofort in ein Gespräch mit seiner »Verehrerin« verstrickt. Nach kurzer Bedenkzeit begann nun auch Tom mit seiner Bekanntschaft zu flirten. Er sah es als Gelegenheit, seinen Kummer zumindest zeitweise zu verdrängen. Sonderlich hübsch waren die beiden jedoch auch nicht. Sie trugen beide extrem kurze, enge Hotpants und bauchfreie Tops, die ebenfalls sehr eng waren und somit ihre Brüste voll zur Geltung brachten. Ein Blick in ihren Ausschnitt verriet, dass ihre

Brüste zudem tätowiert waren. Ihre Schönheits-
makel glichen sie mit dick aufgetragener Schmin-
ke und übertriebenem Schmuck aus. Schon nach
kurzer Zeit verabschiedete sich Armin.

»Tom, ich drehe mit Cindy eine Runde, treffen wir uns so in zwei bis drei Stunden wieder
hier? Falls es später wird, geb ich dir Bescheid.«

»Okay, meinetwegen«, willigte Tom ein.

Nun saß er allein mit Chantal, so hieß seine
Begleitung, in seinem Liegestuhl, sie mittlerweile auf seinem Schoß. Die beiden teilten sich eine
Zigarette und begannen schließlich wild zu knutschen, auch wenn Tom eigentlich gar nichts für
Chantal empfand und das Küssen völlig leiden-
schaftslos war. Nach einer halben Stunde wurde
sie so richtig zappelig.

»Komm, mein Süßer, suchen wir uns doch ein
lauschiges Plätzchen, wo wir allein sind.«

Chantal wurde sehr aufdringlich, es war nun
klar, was sie wollte. Sie nahm Tom bei der Hand,
versuchte ihn hochzuziehen und führte ihn zu
einer einsamen Badebucht, in der ein altes, mor-
sches Fischerboot im Trockenen lag.

»Hast du es schon einmal in einem Boot getan?«, wollte Chantal wissen.

»Nein, noch nie.«

»Dann wird´s aber Zeit, komm.«

Sie stiegen also in die Badebucht hinab und
Chantal begann sich auszuziehen. Nun lag sie,

nur noch mit ihrem Stringtanga bekleidet, auf dem Boot und verlangte nach ihrem »Herzblatt«.

»Komm her, mein Süßer«, sprach sie mit einer penetrant erotischen Stimme.

Als Tom nun endlich bei ihr war, begann sie heftig an seiner Kleidung zu zerren, sodass er sich schließlich nach kurzem Zögern auch komplett auszog.

»Komm, nimm mich!«, sprach Chantal erneut. Sie reichte ihm einige Kondome aus ihrer Tasche und zog sich nun auch ihren Slip aus. So lag sie nun völlig nackt auf dem Boot und strich sich lustvoll mit der Hand über ihr Intimstes. Dieser erotische Anblick machte Tom nun so richtig heiß. Nach einem kurzen Vorspiel ging es also zur Sache. Die beiden gaben sich einander hin und tobten sich so richtig auf dem alten Holzboot aus, es war ein Wunder, dass der alte, morsche Kahn diesem ausgelassenen Liebesspiel standhielt und nicht auseinanderbrach. Chantal schien so richtig glücklich zu sein, mit Tom hatte sie jemanden gefunden, der ihre Wünsche in vollem Umfang erfüllte. Nachdem sie genug hatten, lagen sie noch eine Weile verschwitzt und außer Atem nebeneinander auf dem Boot und genossen die Atmosphäre.

»Hat es dir gefallen?«, wollte Chantal wissen.

»Ja, sehr sogar.«

»Du wirkst aber traurig, bedrückt dich etwas?«

»Hm … ja, leider.«

»Willst du darüber reden?«, bot Chantal an.

Sie schien wohl doch nicht ganz so oberfläch-lich zu sein, wie Tom dachte, auch wenn sie nicht sein Typ war und er deswegen auch nicht mit ihr über seine Probleme sprechen wollte.

»Das ist etwas komplizierter, aber danke für das Angebot. Ich muss jetzt los. Mein Freund, mit dem ich hier bin, wartet sicher auch schon.«

»Warte, gehen wir gemeinsam, ich treff mich mit Cindy ja am gleichen Ort.«

Nachdem sie sich wieder angezogen hatten und Tom bereits wieder zum Weg hinaufsteigen wollte, wurde er von Chantal noch einmal ge-bremst.

»Bleibst du bitte kurz so stehen? Ich muss nun noch dringend pinkeln und möchte nicht, dass mich von oben jemand dabei sieht.«

Chantal zog sich erneut ihre Hotpant herunter und ging direkt vorne am Meer in die Hocke und hob so den Meeresspiegel an. Das Absurde, sie wollte zwar eigentlich von niemandem gesehen werden, aber dass Tom genau so stehenbleiben sollte, dass er sie sehen konnte, störte sie schein-bar nicht. Sie grinste ihm entgegen. Diese über-triebene Freizügigkeit war Tom nun doch etwas zu viel, auch wenn sie zuvor Sex in freier Natur gehabt hatten. Er war froh, als sie nun endlich wieder oben auf dem Weg waren.

Nun schlenderten sie noch gemeinsam Arm in Arm zurück zu dem Treffpunkt, wo sie sich verabschiedeten.

»Also mach es gut, mein Held, war wirklich toll mit dir, du hast mir den Abend sehr versüßt!«

»Danke, ich fand es auch sehr schön mit dir.«

»Wo kommst du eigentlich her?«, wollte Chantal wissen.

»Aus der Nähe von München, und du?«

»So ein Zufall, ich komme direkt aus München. Hier hast du meine Karte, wenn du mal Lust hast und nach München kommst, kannst du mich gern anrufen oder auch mal eine E-Mail schreiben.«

»Vielen Dank, Chantal!«

Tom nahm die Karte und steckte sie in seine Geldbörse zu den Visitenkarten, auch wenn er wusste, dass er sich sicher nie bei ihr melden würde. Danach gaben sie sich einen letzten Kuss und ihre Wege trennten sich. Chantal ging zu Cindy, die etwas abseits vor der Schirmbar wartete, und die beiden Frauen suchten das Weite.

Auch Armin hatte sich bereits wieder am Treffpunkt eingefunden. Er sah entspannt aus.

»Wie war es?«, fragte Tom.

»Ja, war super, aber jetzt is´ genug.«

»Wie war es bei dir? Ihr scheint euch ja sehr gut verstanden zu haben, so wie ihr euch verabschiedet habt.«

»Ja, es war toll, aber das ersetzt keine richtige Liebe, wenn du weißt, was ich meine.«

»Schon klar!«

»Hast du …?«

»Ja, hab ich. Und du?«

»Ja klar, das sieht man doch, wie entspannt ich bin«, scherzte Armin. »Aber bitte, erzähl das bloß niemandem, was hier passiert ist!«, appellierte er an Tom. »Was glaubst du, wie meine Freundin reagieren würde, wenn sie erfahren würde, was ich hier getrieben habe? Sie würde mich umbringen, dann wäre es auf jeden Fall aus zwischen uns. Es war ihr ja schon nicht ganz recht, dass ich auf die Abifahrt mitgekommen bin, aber ich hab ihr klargemacht, dass ich mit meinen Mitschülern auch noch mal etwas erleben will, so viele Gelegenheiten gibt es dazu nicht mehr. Aber das wäre zu viel, wenn sie das hier mitbekäme.«

»Keine Sorge, wenn du auch nichts erzählst, ich hätte bei Susi sicher auch keine Chance mehr, wenn sie erfahren würde, was hier gelaufen ist, und vielleicht wird es ja doch noch was. Ich meine, wir sind doch Freunde, oder nicht?«, wollte Tom wissen.

»Klar, auf jeden Fall, mit jedem wäre ich nicht auf diese Insel gekommen, da braucht es schon ein wenig Vertrauen dazu.«

»Na also, von mir erfährt niemand was«, versicherte Tom.

»Von mir auch nicht«, antwortete Armin.

»Glaubst du, dass uns jemand aus unserer Gruppe gesehen hat?«, fragte Tom etwas besorgt.

»Sicher nicht, die anderen aus unserer Gruppe waren garantiert noch nicht hier, denen ist doch schon die Überfahrt zu teuer, also hat uns sicher niemand gesehen.«

»Dann bin ich beruhigt«, sagte Tom erleichtert.

»So, nun lass uns aber los, damit wir das Shuttle noch erwischen, ich will weg aus diesem Sündenparadies, wieder rüber ans Festland«, sagte Armin.

Die beiden eilten los und hatten Glück, sie erwischten gerade noch die letzte Überfahrt nach Rovinj. Während der Fahrt schaute Tom auf sein Handy. Der Fischkopf hatte in der Zwischenzeit zehnmal angerufen.

»Schau dir mal das an.« Er zeigte Armin sein Smartphone.

»Ah, dein treuer Freund hat sich wieder gemeldet.«

»Ja, ich glaube, das wird wieder ein herzlicher Empfang.«

»Das glaub ich auch, aber das bist du doch schon gewohnt.«

»Du hast recht, aber der kann mich mal, dieser Schmarotzer.«

»Richtige Einstellung, zeig ihm nur so richtig

die kalte Schulter, das braucht der.«

Gegen halb drei erreichten sie den Hafen von Rovinj. Die Stadt war zu dieser Zeit nahezu menschenleer, nur vereinzelt tummelten sich noch Nachtschwärmer, die sich auf die wenigen Lokale fixierten, die noch geöffnet waren. Tom und Armin marschierten eiligen Schrittes, um möglichst schnell zurück zu ihrem Quartier zu kommen, sie hatten beide genug und nicht vor, noch länger in der Stadt zu verharren.

Dort angekommen überfiel Tom wieder das Gefühl der Sehnsucht, das er im Trubel etwas verdrängen konnte, auch wenn er froh war, dass der Fischkopf glücklicherweise schon schlief und er somit zumindest seine Ruhe vor ihm hatte. Diese Sehnsucht nach Susi war eine Qual, doch dieses Gefühl würde noch einige Zeit anhalten und eine Wendung der Situation war zu dieser Zeit nicht in Sicht …

Einsam an der Adria

Nachdem sich Tom am Mittwoch und Donners-
tag widerwillig hatte überreden lassen, auf die
Piste zu gehen und die Partyinsel sowie sämtliche Kneipen und Bars unsicher zu machen, hatte
er heute nun gar keine Lust auf Party. Eigentlich
lief es immer gleich. Zu Beginn wurde die Cocktailbar Malibu aufgesucht, wo erst einmal das
Abendessen in Form eines Burgers eingenommen
wurde und die Gruppe noch eine ganze Zeit lang
blieb und das ein oder andere Getränk vernichte-
te. Wer danach noch nicht genug hatte, zog noch
weiter um die Häuser oder fuhr eben auch mal auf
die Insel. Auch wenn die Burger in Kroatien erst-
klassig waren, viel besser als in Deutschland, hatte
er heute so gar keine Lust, aber abends mit dem
Fischkopf in der Bude rumzuhängen war auch
keine Option. So machte sich Tom also schlecht
gelaunt fertig fürs Weggehn und wollte schon
aufbrechen, als ihm sein ungeliebter Freund Felix
wie so oft eine Standpauke hielt.

»So, der Herr ist wieder unterwegs in die Stadt,
während ich hier rumhänge?«

»An dieser Situation bist du wohl selbst

schuld.«

»Und wieder weichst du mir aus. Mir geht es gesundheitlich total schlecht und dich interessiert das gar nicht.«

»Was fehlt dir denn?«, wollte Tom wissen.

»Mir ist so richtig schlecht, kann mich kaum auf den Beinen halten und du willst schon wieder allein losziehen?«

»Also erstens kann ich mir kaum vorstellen, dass du krank bist, wenn ich mir dich so anschaue und sehe, was du alles in dich hineinfrisst und säufst. Dass du die letzten Abende allein warst, ist allein deine Schuld, wer wollte denn immer zu Hause bleiben, während wir uns trafen?«, antwortete Tom.

»Eins sag ich dir, wenn du jetzt weggehst und ich dann zusammenbreche, mache ich dich dafür verantwortlich, dann kannst du was erleben«, drohte der Fischkopf.

»Das würde dir wohl so passen, nur leider bin ich nicht für dich verantwortlich, du bist volljährig und ich bin nicht dein Betreuer, mein Freund. Und weißt du was? Nachdem du schon wieder so hohe Erwartungen an mich stellst, geh ich jetzt erst recht weg. Ich brauche Zeit für mich und du kannst machen, was du willst.«

»Ja, von mir aus, du machst ja sowieso immer nur das, was du willst.«

Tom nahm seine Sachen und zog die Tür hinter sich zu. Zunächst wollte er wie jeden Tag in die Cocktailbar gehen, aber dann fiel ihm wieder ein, dass er eben dazu nun gar keine Lust hatte. So kaufte er sich am Kiosk an der Ecke, der auch abends geöffnet hatte, eine Schachtel landesüblicher Zigaretten und zwei Flaschen Bier, steckte alles in eine Tüte, die er vom Kioskbesitzer erhalten hatte, und schlenderte in Richtung Strand, wo er bereits nachmittags beim Baden gewesen war. Heute war er alleine baden, er wollte mit niemandem etwas zu tun haben, was normalerweise nicht seine Art war, aber heute sehnte er sich nach Einsamkeit. Tom setzte sich am zu dieser Zeit fast menschenleeren Strand, an dem es noch dazu fast stockdunkel war, auf einen Stein, hörte dem Meeresrauschen zu und dachte über sein Leben nach. Er fühlte sich richtig schlecht, hatte eigentlich gar keine Lust mehr zu leben. Wie oft hatte er das schon erlebt, dass Frauen ihn einfach abblitzen ließen, irgendwann war es genug. Auch wenn die Nachricht vom Fischkopf gekommen war und Armin meinte, dass dieser mit Sicherheit gelogen hatte, war sicher doch etwas Wahres daran, denn sonst wäre Susi beim Baden und Weggehn die zwei Tage doch dabei gewesen. Die buntesten Fantasien gingen Tom durch den Kopf, womöglich ging sie mit Silvi, die auch nicht dabei war, tagsüber an einen anderen Strand zum Baden und verkehrte abends in anderen Lokalen, nur um ihm aus dem Weg zu gehen. Tom seufzte. Und plötzlich war es ihm klar: Er würde einfach am morgigen Samstag schon die Heimreise antreten, das hier war nun absolut kein Urlaub mehr und der Fischkopf musste dann einfach mit, ob er wollte oder nicht. Er hing hier ja eh nur rum, das konnte er zu Hause auch. Samstag war ein guter Tag für die Abreise.

Nachdem er nun fast zweieinhalb Stunden lang grübelnd am Meer gesessen und über alles nachgedacht, dabei die großen Bierflaschen geleert und mindestens fünf Zigaretten geraucht hatte, erhob er sich von dem Stein und schlenderte zurück zum Quartier, um dem Fischkopf seine Pläne mitzuteilen und ihn zu bitten, seine Sachen für die Heimreise zu packen.

Zum selben Zeitpunkt saß Susi total besorgt in der Cocktailbar Malibu.

»Ich versteh das nicht, Silvi.«

»Was verstehst du nicht?«

»Tom ist nicht da, ich hab ihn den ganzen Tag nicht gesehen.«

»Schreib ihm doch, vielleicht wartet er darauf.«

»Das glaub ich nicht, der ist sauer, und ich kann das gut verstehen. Armin hat mir vorhin erzählt, dass Felix Tom auf das Übelste belogen hat. Er hat ihm erzählt, ich wäre sauer, weil Tom am

108

Dienstag Abend zum Schluss betrunken war, und wolle nichts mehr mit ihm zu tun haben.«

»Susi, ruf ihn an, oder schreib ihm, was wirklich war.«

»Aber mir ist das ein wenig peinlich.«

»Susi, was willst du jetzt eigentlich, willst du, dass Tom Bescheid weiß und wieder in deiner Nähe ist, oder nicht? Falls ja, musst du mit ihm reden und ihm die Wahrheit sagen! Das muss dir nun wirklich nicht peinlich sein, als Frau hat man das eben manchmal, was du hattest, ich auch erst letzte Woche.«

»Okay, ich mach es!«, entschied sich Susi schließlich.

»Gut so, aber warte nicht zu lange«, appellierte Silvi an ihre Freundin.

Tom war währenddessen fast schon wieder bei der Wohnung angekommen. Als er auf dem Weg unter der Terrasse des Appartements stand, sah er, dass immer noch Licht im Zimmer brannte, obwohl man vom Fischkopf hätte meinen müssen, dass er früher ins Bett gegangen sei, nachdem es ihm gesundheitlich angeblich so schlecht ging. Felix gab sich einer absolut debilen Form von Abendunterhaltung hin, dies konnte man bis unten auf dem Weg hören. Er schaute sich einen Film mit dem Titel *Der Bengelknaller vom Funtensee* an, einen absolut kitschigen Heimatfilm im Stil der 50er Jahre, in dem fast nur gejodelt wurde und die Heimatgefühle auf eine obszöne Art und Weise zum Ausdruck gebracht wurden. Aufgrund der minderwertigen Qualität wurden derartige Filme nur spätabends im deutschen Fernsehen gezeigt, um das Programm zu füllen. Hoodl-doodljoodl, tönte es aus dem Fenster zur Terrasse. Der Fischkopf sang auch noch mit und traf dabei keinen einzigen Ton. Von diesem Gejodel konnte man leicht ohnmächtig werden.

›Nun ist der Zeitpunkt für dich gekommen, Abschied von Rovinj zu nehmen, mein lieber Felix‹, dachte Tom und wollte soeben die Wohnung betreten, um ihm dies mitzuteilen, als er eine Nachricht auf sein Smartphone bekam.

Hi Tom, gehts dir gut? Ich vermisse dich so sehr! Armin hat mir heute erzählt, was dir Felix, dieser Mistkäfer, aufgetischt hat, aber das ist alles erstunken und erlogen. Wenn ich etwas gegen dich gehabt hätte, hätte ich dir das schon persönlich gesagt und dir das nicht von jemandem ausrichten lassen, schon gar nicht von Felix. Es ist richtig, dass ich bei euch war, als du unter der Dusche standest, aber nicht, um mich zu beschweren, sondern um mich zu erkundigen, wie es dir nach der kurzen Nacht erging, und um dich einzuladen, mit uns am Nachmittag baden zu gehen, aber daraus wurde dann leider nichts mehr. Ich war die letzten zwei Tage nicht mehr dabei, weil es mir gesundheitlich ziemlich

dreckig ging. Ich hatte meine Regel und schreckli-
che Bauchschmerzen. Am Dienstag ging es gerade
noch so, hatte nur Kopfschmerzen, aber am Mitt-
wochnachmittag wurde es dann so schlimm, dass
ich eineinhalb Tage lang nur im Bett gelegen bin,
aber das ist jetzt zum Glück alles vorbei, es geht mir
wieder gut. Bist du morgen wieder am Strand da-
bei und gehst abends wieder mit uns weg? Würde
mich so freuen! Ich wünsche dir eine gute Nacht –
und bis morgen um zwölf Uhr vorne bei den Stufen
am Meer. Bitte komm, dann machen wir uns einen
wunderschönen Tag, das Wetter soll ja auch super
werden. Drück dich ganz fest, deine Susi. PS: Wenn
du mit mir und Silvi frühstücken willst, melde dich
und wir machen schon morgens einen kleinen Bum-
mel zu dritt und suchen uns ein nettes Café, das wär
doch was, oder?

Nun fiel Tom ein Stein vom Herzen. Sofort be-
antwortete er die Nachricht, sagte für die beiden
Treffen zu und war nun so richtig aufgedreht vor
Freude.

Sein treuer Mitbewohner hatte nun aber seine
Gunst endgültig verspielt. Tom betrat das Zimmer, störte die Heimatromantik im Fernsehen
und teilte ihm mit, dass er von nun an in keinster
Weise mehr mit ihm rechnen brauche, und wenn
es ihm noch so schlecht ging.

Danach setzte er sich auf die Terrasse und ge-

noss noch ein wenig die laue Nacht mit sternen-
klarem Himmel, bevor er ins Bett ging, wo er die
ganze Nacht wach lag und von Susi schwärmte.

Knistern

»Kommst du jetzt mit oder nicht? Ehrlich gesagt, verdienst du es nicht, dass ich dich mitschleppe nach dem, was du dir erlaubt hast, aber ich will mal nicht so sein.«

»Wenn du es hier ned aushältst, dann lauf zu, ich brauch dich nicht, das müsstest du eigentlich schon gemerkt haben.«

»Alles klar, dann eben nicht«, sagte Tom und verdrehte die Augen. »Eigentlich fährt man nicht weg, um fast den ganzen Tag in der Bude zu hocken, aber das ist deine Entscheidung. Du kannst jedenfalls nicht erwarten, dass ich dir hier Gesellschaft leiste. Nicht mal, wenn du ein netter Kerl wärst.«

»Dann verpiss dich doch«, zischte Felix durch die Zähne.

So beschloss Tom, auch an diesem Abend allein aufzubrechen, nachdem er bereits einen wunderschönen, abwechslungsreichen Tag erlebt hatte. Diesmal hatte er auch wieder Lust auf Gesellschaft und er wusste ja, wo sich der Rest der Mannschaft um diese Zeit traf.

Nachdem er sich geduscht und schick gemacht

hatte, ordentlich Parfum aufgetragen, seine Haare gemacht und alles zusammengepackt hatte, was man für einen Abend so braucht – Geld, Zigaretten, Schlüssel, Handy und so weiter –, zog er die Tür hinter sich zu und ging auf die Straße. Nach einem circa fünfundzwanzigminütigen Fußmarsch näherte er sich der Cocktaillounge Malibu im Zentrum, dem täglichen Treffpunkt. Er hörte schon von fern die Stimmen von einigen Leutchen, die er problemlos zuordnen konnte, denn es waren immer dieselben, die sich durch ihre laute, extrovertierte Art in den Vordergrund stellten.

Am Eingang rief ihm Armin bereits entgegen: »Hey Tom, bist du heut Abend auch wieder am Start?«

»Ja logo!«

»Super!«

»Wo hast du denn deinen geliebten Zimmergenossen, den Felix, gelassen?«, fragte Armin grinsend.

»Der wollte nicht mit, kennst ihn doch, aber sind wir froh.«

»Ja, sicher, ich vermisse ihn nicht, aber verstehen tu ich das auch nicht. Es ist heute schon der fünfte Abend, an dem er zu Hause rumgammelt, und das im Urlaub, unfassbar. Tagsüber unternimmt er ja auch nichts. Ich frag mich langsam echt, warum er überhaupt mitgefahren ist, mal davon abgesehen, dass wir ihn auch nicht unbedingt hierhaben wollen, diesen Flegel.«

»Wahrscheinlich ist er nur mitgefahren, um mir das Leben schwer zu machen.«

»Egal, komm, bestell dir was zu trinken, da hinten sind auch noch Plätze frei.«

Armin zeigte ihm den letzten freien Platz – und wo war der? Natürlich, am Tisch mit den Mädels gegenüber von Susi. Während die anderen Mädels tief in ihre nervigen Frauengespräche über frühere Beziehungen, Shopping, Erfahrungen mit ihrer Verhütung und so weiter vertieft waren und Tom am Tisch zwar duldeten, aber nicht sonderlich beachteten, schien sie, die von den typischen Frauengesprächen am Tisch ebenfalls schon ziemlich genervt wirkte, seine Anwesenheit besonders zu genießen. Susi war einfach eine tolle Frau. Tom hatte sie im Französischunterricht kennengelernt und sie war ihm von Anfang an sympathisch gewesen, noch dazu gerade mal ein Jahr jünger als er. Aus diesem Grund war sie wohl auch reifer als die meisten ihrer Klassenkameradinnen. Ihr muskulöser Körper verriet, dass sie regelmäßig Sport trieb, und mit ihrem Lächeln auf dem makellosen, kaum geschminkten Gesicht konnte sie verzaubern, man fühlte sich einfach wohl, wenn sie einen anlachte. In ihrer klaren, angenehmen Altstimme war immer Wärme. Zwischen ihren Schulterblättern hatte sie ein kleines, aber durchaus kunstvolles Tattoo, welches sie sich zu ihrem 18. Geburtstag hatte stechen lassen und dessen Motiv sie selbst entworfen hatte. Es war eine Art chinesischer Drache nach ihrer eigenen Vorstellung, welcher ihr als Glücksbringer dienen sollte, man merkte, dass sie auch künstlerisch sehr begabt war. Susi hatte einfach Stil, das sah man auch an ihrer Kleidung, die zwar schlicht, aber trotzdem elegant war. Neben einer engen Hüftjeans trug sie an diesem Abend blaue Sneakers und ein einfaches, aber modisches grünes Trägertop sowie eine dezente braune Handtasche. Außer einem Paar Ohrringe trug sie keinen Schmuck. Was neben ihren Äußerlichkeiten außerdem für sie sprach, war, dass sie sehr sozial eingestellt war. Auch für Außenseiter wie den Felix hatte sie zunächst ein großes Herz. Während der Rest der Klasse aus leider auch verständlichen Gründen Abstand von ihm nahm, war sie der Meinung, dass man sich seiner auch annehmen müsse, da er in seiner Situation nicht gerade zu beneiden sei. So sprach sie regelmäßig mit ihm und half ihm auch des Öfteren, wenn es Probleme gab. Für ihr Engagement verlangte sie keine Gegenleistungen, von Felix hätte sie diese auch nicht erwarten können, wie sich besonders während dieses Aufenthaltes herausstellte.

Aber in Toms Fall war es kein Mitleid. Susi mochte ihn einfach.

Susi war auch keineswegs eine Frau, die nur auf der Suche nach sexuellen Abenteuern war, das Einzige, was sie suchte, war die wahre Liebe. Nach einer unglücklichen Beziehung hatte sie sich vorgenommen, so lange zu suchen, bis sie den richtigen Partner fürs Leben gefunden hatte. Bei Tom hatte sie jetzt das Gefühl, dass er es sein konnte, man hatte den Eindruck, dass sie regelmäßig rot wurde, wenn die beiden sich begegneten. Auf dieser Abireise nutzte sie sämtliche Gelegenheiten, um in Toms Nähe zu kommen.

Tom ging es ähnlich, er fühlte sich zu ihr hingezogen. Diese Gefühle wurden von Zeit zu Zeit stärker und man konnte sagen, dass er in Susi verliebt war. So saßen sich die beiden nun gegenüber und schauten sich in die Augen.

»Hi Tom, schön, dass du heut wieder bei allem dabei bist, der Tag war doch schon super und jetzt der Abend wird sicher noch schöner.«

»Hi Susi, ja, mich freut es auch.«

»Gestern hab ich dich echt vermisst, aber ich weiß ja, was der Grund war.«

»Ich hatte gestern keine Lust dazu, ich hab eben geglaubt …«

»Verstehe. Tut mir echt leid. Ich hätte dir früher schreiben sollen, was Sache war, aber ich wusste das auch nicht, dass du so dreist von Felix belogen wurdest, das hätte ich nicht mal dem Fischkopf zugetraut!«

»Ach, das ist doch jetzt gut, bin ja auch ein wenig selbst schuld, weil ich den Mist geglaubt habe.«

»Ja, so ist er halt, der Felix. An deiner Stelle würde ich kein Wort mehr mit ihm sprechen, es reicht schon, dass er mit dir wieder nach Hause fahren darf, da kommst du ihm schon genug entgegen. Ich hab mich während des Schuljahres ja auch des Öfteren um ihn gekümmert, aber ich hab jetzt ebenfalls keine Lust mehr, da er es mit mir ganz genauso gemacht hat wie jetzt hier mir dir.«

»Ausnützerisch ist er allerdings, das hab ich schon gemerkt. Das musst du dir mal vorstellen, wir sind jetzt seit Dienstag hier. Heute haben wir bereits Samstag und er hat mir bis zum heutigen Tag seinen Anteil an den Fahrtkosten, den wir vor Fahrtbeginn vereinbart hatten, noch immer nicht gegeben. Ich hab alles ausgelegt, das Tanken, die Autobahngebühr und so weiter. Eigentlich mochte ich ihn eh nie so besonders, weil er auch nicht wirklich nett ist, aber mit ihm auf dem Zimmer zu sein ist noch eine Steigerung, ein echter Horror, da muss man raus, so oft es geht.«

»Gut so, mach das auf jeden Fall! Man merkt dir an, dass dir das nicht gut tut. Ich sag es nicht gern, aber du siehst schlecht aus, nimm es mir bitte nicht persönlich, aber ich denke, das ist der Stress mit Felix.«

»Darf ich hier eine rauchen?«

»Ja okay, eigentlich mag ich es nicht so gern, aber nachdem du schon fragst, was die anderen hier am Tisch nicht tun, kannst du dir gern eine anzünden.«

Tom nahm also eine Zigarette zur Hand und zündete sie an, bemühte sich aber, den Rauch von Susi wegzupusten.

»Nein, jetzt mal ehrlich, du siehst abgespannt aus, Tom. Entspann dich doch, wir haben Urlaub, lass dich nicht von diesem Kasper herumkommandieren. Das wäre es echt nicht wert, dass du dich für diesen Kerl aufopferst und selbst keinen Spaß mehr hast. Ich bin normalerweise die Letzte, die dagegen ist, dass man sich um Außenseiter kümmert, aber in diesem Fall kannst du mit gutem Gewissen Abstand von diesem Grobian nehmen. Und noch etwas: Du rauchst viel zu viel, das beobachte ich schon die ganze Zeit, die wir jetzt hier sind! Das tut dir nicht gut, glaub mir. Ich hab eine Zeit lang auch sehr viel geraucht, hab dann aber gemerkt, dass es mir schadet. Ich hatte kaum noch Energie, konnte keinen Sport mehr treiben und hatte Herzbeschwerden. Dann hab ich wieder aufgehört, war zwar nicht leicht, aber ich fühle mich heute viel besser und vermisse es gar nicht mehr. Du musst viel mehr auf dich und deine Gesundheit achten!«

Nach diesen Worten schaute Tom Susi noch

tiefer in ihre Augen. Das Gefühl für sie wurde immer intensiver, und siehe da, sie machte sich Sorgen um ihn, nicht aus Mitleid, sondern weil sie ihn einfach zu gern mochte. Das imponierte ihm und bald war sein ganzer Körper von den Gefühlen für sein Gegenüber ergriffen. Er musste etwas unternehmen, da es langsam unerträglich wurde. Er griff nach Susis Hand und siehe da, sie zog sie nicht zurück, sondern schien es zu genießen, dass er mit dem Finger über ihren Handrücken strich. Daneben begannen die beiden nun, sich unter dem Tisch mit den Füßen zu berühren. Sie wurden ziemlich unruhig und wollten nicht auf ihren Plätzen sitzen bleiben.

»Was meinst du, Susi, mir ist es hier etwas zu langweilig, machen wir einen kleinen Spaziergang am Meer?«

»Ja gern, gute Idee!«

Tom ging zum Ober, um die Getränke zu bezahlen.

»Du bist selbstverständlich eingeladen!«

»Ach Tom, das wär doch nicht nötig gewesen, aber danke!«

»Komm, gehen wir.«

Sie verließen die Cocktailbar und schlenderten die Hafenpromenade entlang. Tom legte seinen Arm um Susis Schulter und es schien ihr zu gefallen.

»Schöner Abend.«

»Ja, das finde ich auch, und ich finde es toll, dass wir jetzt allein sind.«

»Komm, setzen wir uns ein wenig.«

Die beiden setzten sich auf eine abgelegene Bank mit Meerblick und unterhielten sich so circa zwei Stunden, bis Tom den entscheidenden Satz brachte:

»Susi, ich bin so glücklich, dass du mit mir mitgekommen bist!«

»Ich auch, Tom!«

Er beugte sich zu ihr und küsste sie auf den Mund. Sie erwiderte seinen Kuss und die beiden verfielen in ein wildes, minutenlanges Knutschen.

»Tom, ich muss dir das jetzt sagen! Ich hab mich von Anfang an in dich verliebt, als ich dich zum ersten Mal gesehen hab. Deshalb wollte ich in Französisch auch neben dir sitzen. Du bist einfach toll, ein richtiger Mann, du hast Charme, weißt dich zu benehmen, weißt, was Frauen wollen, und siehst noch dazu so gut aus. Nur das mit dem Rauchen gefällt mir weniger, das solltest du dir abgewöhnen, deiner Gesundheit zuliebe, aber da helf ich dir dabei, das kriegen wir hin!«

»Susi, mir geht es ganz genauso, ich hab mich auch sehr schnell in dich verliebt und die letzten Tage hier sind meine Gefühle für dich richtig intensiv geworden. Ich hab es nicht mehr ausgehalten und musste etwas unternehmen.«

»Und, hast du es bereut?«

»Ach Susi, das ist der schönste Abend in meinem ganzen Leben, der nie zu Ende gehen soll. Ich hatte nur Angst, dass du mich ablehnen könntest, aber das hast du ja zum Glück nicht getan.«

»Das geht mir ganz genauso, mein Schatz«, erwiderte Susi. »Eigentlich wollte ich auf diese Reise gar nicht mitkommen, ich hatte eigentlich gar keine Lust. Silvi hat mich aber dann doch überredet, mitzukommen, was ich dann aber eigentlich nur gemacht habe, weil ich wusste, dass du auch dabei bist.«

»Ja, ich muss sagen, ich hatte auch keine Lust mehr, nachdem ich erfahren hatte, dass ich mit dem Fischkopf das Appartement teilen sollte. Dann muss ich dazusagen, dass ich diese Gegend – bis auf ein paar schöne Orte wie eben diesen hier – gar nicht so toll finde, ich kenne ein anderes Kroatien.«

»Oh nein, die Gegend hier ist auch sehr schön, wir haben nur noch nicht allzu viel gesehen. Wenn du willst, zeig ich dir noch ein paar schöne Plätze, war hier früher immer mit meinen Eltern im Urlaub, aber wie gesagt, bis zum heutigen Tag hat es mir hier aus anderen Gründen auch nicht so gut gefallen, außer wenn wir miteinander zu tun hatten. Zuletzt war ich auch noch krank, aber die letzten Tage, die wir noch vor uns haben, werden herrlich, das spüre ich. Schade, dass wir bald wieder zurück müssen.«

Tom nickte.

Wieder begannen sie, wild zu knutschen und sich dabei überall zu berühren. Es war herrlich, dieses Gefühl. Sie schlenderten weiter im Dunkeln am Meer entlang. Der Mond spiegelte sich auf dem Wasser, man sah vereinzelt Fischerboote, die mit Hilfe hell leuchtender Gaslampen ihr Glück versuchten, um den Fang dann früh morgens frisch im Hafen zu verkaufen.

»Wo gehen wir jetzt hin, Schatz?«, wollte Susi wissen.

»Ich hab doch ein großes Zimmer mit einem Doppelbett, du kannst heut Nacht bei mir bleiben.«

»Und der Fischkopf?«, fragte Susi mit einem besorgten Blick.

»Der ist mir egal, es geht ihn gar nichts an, was wir in meinem Zimmer machen.«

»Du hast recht, komm, worauf warten wir noch, lass uns da hingehen, ich will endlich mit dir ganz ungestört sein.«

»Aber gehen können wir die Entfernung in unserem heutigen Zustand nicht mehr, wenn wir alle fünf Meter stehenbleiben und dann wieder zehn Minuten am Stück knutschen. Lass uns den Touristenzug vorne am Eck nehmen, der hält ja eh direkt vor unserer Unterkunft«, schlug Tom vor.

»Gute Idee!«

In Rovinj gab es, wie in vielen anderen Bade-orten in Kroatien auch, eine Bahn, einen Zug mit zwei Waggons, der auf einem eigens dafür ange-legten Weg fuhr. Er war vor allem für Familien mit Kindern gedacht, die nicht so weit laufen konnten oder wollten, damit sie bequem in die Stadt und wieder nach Hause kamen. Eigentlich fand Tom es lächerlich, wenn Leute in ihrem Al-ter diese Bahn benutzten, aber heute war es eine Ausnahme. Sie gingen zur Haltestelle am Eck, wo der Zug bereits auf Fahrgäste wartete, lösten beim Fahrer zwei Tickets und stiegen in den hinteren Wagon, wo sie auf der hintersten Sitzbank Platz nahmen. Da dieser Wagen um diese Uhrzeit meist leer war, war es für die beiden ein Vergnügen, mit der Bahn zu fahren. Nach circa fünf Minuten Wartezeit setzte sich der Zug in Bewegung. Sie fuhren vorbei an der langen Promenade, welche mit Palmen gesäumt war, man sah die Segelboote, die im Hafen lagen, sowie die hell erleuchteten Bars und Andenkenläden, welche auch abends noch geöffnet waren. Auch wenn es so einiges zu sehen gab, bekamen sie von der Fahrt nicht viel mit, da sie fast die gesamte Zeit damit verbrach-ten, wild zu knutschen, man konnte von Glück reden, dass sie allein im hinteren Wagen waren und somit niemanden belästigten, lediglich im vorderen Wagen saßen einige Familien mit Kin-dern. Beinahe hätte das junge Paar vergessen, nach der circa zehn Minuten dauernden Fahrt an der Haltestelle vor ihrer Unterkunft auszusteigen, hätte Tom nicht geistesgegenwärtig Susi bei der Hand genommen und sie mit sich aus dem Abteil gezogen. Es war so gegen 23.00 Uhr, als sie an der Wohnung ankamen. Tom hatte Mühe, die Tür aufzusperren, da Susi ihn nicht loslassen wollte und dicht an seinem Körper hing.

»Mein Bär, heute wirst du mich nicht mehr los, ich bin einfach so glücklich mit dir.«

Endlich im Zimmer angekommen legte sich die Hübsche, nachdem sie lediglich ihre Schuhe ausgezogen hatte, mittig auf das große Doppelbett und streckte Arme und Beine von sich.

»Komm her zu mir!«

Tom legte sich auf sie, küsste sie am Hals, dann auf den Mund, die Wangen. Dann erhob er sich ein wenig und begann seiner Freundin das Top auszuziehen, im Gegenzug griff sie nach seinem T-Shirt und streifte es ihm ab. Dann öffnete er Susis BH und warf ihn über den Stuhl, sodass nun auch sie völlig oben ohne war. Als Nächstes war ihre Jeans dran. Da sie ein wenig mithalf, war es ein Leichtes, ihr dieses Kleidungsstück auszuziehen, die Schuhe hatte sie ja bereits abgelegt. Susi revanchierte sich natürlich wieder und so öffnete sie auch Toms Jeans und zog so lange daran, bis sie sie ihm ausgezogen hatte. Nun lagen sie so da, nur noch in Slip und Boxershort bekleidet, deren

Zeit nun jedoch endgültig abgelaufen war. Tom fasste Susi kurz entschlossen mit seinen Händen beidseitig an die Hüfte und innerhalb weniger Sekunden war ihr Slip heruntergezogen, sodass sie nun komplett nackt auf dem Bett lag. Sie griff nun mit ihren Zehen nach Toms Boxershort und riss ihm diese gekonnt vom Leib, nun stand auch er komplett nackt vor ihr. Tom beugte sich über Susis Mund, um ihn zu küssen, die Herzen der beiden schlugen unaufhörlich und extrem stark.

Plötzlich zögerte Tom:

»Was ist mit Verhütung? Ausgerechnet diesmal hab ich keine Kondome besorgt, hab es einfach vergessen. Ich liebe dich wirklich sehr, aber wenn du jetzt schwanger wirst, wäre das, glaube ich, in der momentanen Situation für uns beide nicht gut.«

»Keine Angst, mein Schatz, ich nehm die Pille, hab sie auch heute nicht vergessen, also mach dir da bitte keine Sorgen.«

Nach diesen beruhigenden Worten war Tom nicht mehr zu bremsen. Nach einem ausführlichen Vorspiel, welches Susi sichtlich zu genießen schien, ging es härter zur Sache und es folgte ein leidenschaftliches, lustvolles Liebesspiel, welches fast die ganze Nacht zu dauern schien. Wer würde in solch einer Situation an Schlafen denken?

Riesenkrach

Tom wachte in den frühen Morgenstunden des Sonntages auf, als die ersten Sonnenstrahlen durch den geschlossenen Fensterladen fielen. Er konnte es nicht glauben, lag er wirklich eng umschlungen mit Susi im Bett? Durch Toms unruhige Bewegungen wurde sie nun auch wach.

»Morgen Schatz«, sagte sie leise und noch ganz verschlafen. »Was ist denn? Ist doch noch so früh, erst halb sieben, noch dazu ist Sonntag. Mir ist kalt, komm, kuschel dich her zu mir.«

Es war also doch kein Traum, er lag wirklich mit Susi im Bett und sie hatte *Schatz* zu ihm gesagt! Beim Blick auf den Stuhl, der neben dem Doppelbett stand, sah er, dass neben seinen Sachen auch Susis Slip, ihre Jeans, ihr trägerloser BH sowie ihr schickes Spaghettitop an der Lehne hingen. Konnte es schöner sein? Beide lagen nackt eng umschlungen im Bett. Tom küsste zunächst Susi auf den Mund und machte dann einen Vorschlag:

»Ich würde sagen, wir seilen uns heute mal ab und machen nur für uns zu zweit was, hab auf die Clique heut keine Lust, und auf den Fischkopf schon gar nicht, was meinst du, Maus?«

»Da bin ich ganz bei dir. Mich nervt dieses Getue der anderen langsam auch, immer die selben Gesprächsthemen, immer diese Sauferei, diese Ballermannatmosphäre, ich will heut auch lieber nur mit dir zusammen sein, gemeinsam einen ungestörten, romantischen Tag verbringen, noch dazu bei dem herrlichen Wetter. Ich schreib der Silvi gleich mal, dass wir heut mal allein für uns was machen wollen.«

Als dies erledigt war, gab auch Susi Tom einen Kuss, kam noch näher an ihn heran und flüsterte ihm ins Ohr: »Wir haben doch viel Zeit, wollen wir noch einmal das machen, womit wir gestern aufgehört haben, bevor wir eingeschlafen sind?«

Susi warf die Decke zur Seite, nahm Toms Hand und führte sie zärtlich, mit einem lustvollen Grinsen über ihren nackten Körper, zunächst über ihre Brüste und dann den Körper hinab bis zu ihrem Intimbereich. Auch wenn er dieses Gefühl toll fand, wurde er jedoch zunächst wieder etwas nervös: »Und da kann auch wirklich nichts passieren?«

»Nein, ich hab dir doch schon gestern gesagt, dass ich die Pille nehme, und Aids oder andere ansteckende Krankheiten hab ich auch nicht. Ich hab mich vor etwa zwei Monaten vorsichtshalber mal testen lassen. Ich hatte ja auch keinen Sex mehr, seit ich vor knapp einem Jahr mit Markus

Schluss gemacht hatte, und der war sauber, war ja auch regelmäßig beim Blutspenden. Du kannst also völlig unbesorgt sein, genießen wir lieber die schönen Momente, die wir zusammen verbringen!«

»Na dann, mit Vergnügen!«, antwortete Tom.

»Aber vorher entschuldigst du mich bitte noch kurz, ich muss dringend noch für kleine Mädchen, wo ist die Toilette?«

»Geradeaus durch die Tür.«

»Bis gleich, mein Schatz!«

Tom war nicht bewusst, welchen Fehler er in diesem Moment gemacht hatte. Wenn man ins Bad wollte, musste man ja durch das Zimmer, in dem der Fischkopf schlief, aber das hatte er in diesem Moment vergessen. Susi stieg aus dem Bett und ging – nackt, wie sie war – durch die Tür. Er hätte ihr seinen Bademantel geben sollen, aber als ihm das klar wurde, war es schon zu spät. Ehe er sie noch zurückhalten oder auch nur warnen konnte, hörte er auch schon die Schreie:

»Was soll denn das, verdammt noch mal?«

»Ach, entschuldige, Felix, ich hab nicht gewusst, dass das dein Zimmer ist.«

»Was hast du bei uns zu suchen und was fällt dir ein, hier so herumzulaufen?«

Felix sprang aus dem Bett und stellte sich Susi in den Weg. Er hätte sie gern aus dem Zimmer hinausgeschoben, wäre er nicht deutlich kleiner als Susi gewesen.

»Entschuldige, es wird doch noch erlaubt sein, dass ich bei Tom übernachte, das geht dich gar nichts an, da wir ja ausschließlich in seinem Zimmer waren! Ich habe lediglich die Toilette gesucht, also aus dem Weg, ich muss pinkeln!«

Mit diesen Worten schob sie Felix zur Seite. Man hörte, wie sie energisch die Badtür hinter sich zuknallte, sich unsanft auf die Schüssel setzte und schließlich dieses typische plätschernde Geräusch, als sie ihre Blase erleichterte.

Der Fischkopf rannte währenddessen in seinem langweiligen grauen Pyjama, der für diese Jahreszeit eigentlich viel zu warm war und besonders hervorhob, wie dick dieser Mensch war, der ihn trug, in Toms Zimmer und brüllte los:

»So, Tom, das sag ich dir, so haben wir nicht gewettet. Es war abgemacht, dass wir hier wohnen, du dich ein wenig um mich kümmerst und nicht, dass du hier irgendwelche Schlampen anschleppst, mit denen du es hier treibst. Ich konnte die ganze Nacht nicht schlafen, so laut wart ihr, dieses Gequietsche, Gestöhne, grauenhaft! Ich hatte mir schon überlegt, zu euch rüberzugehen und mich zu beschweren, aber diese Blamage wollte ich euch dann doch ersparen.«

»Erstens geht es dich gar nichts an, was ich in meinem Zimmer mache, du wolltest gestern Abend ja sowieso wieder nicht mitkommen, zweitens waren wir gar nicht laut, im Gegenteil, wir konnten sogar noch dein Schnarchen hören, obwohl die Türen geschlossen waren, und außerdem ist das keine Schlampe, sondern meine Freundin. Sei also vorsichtig mit dem, was du sagst, sonst bekommst du es mit mir zu tun!«

»Na, dann herzlichen Glückwunsch«, raunte der Fischkopf mit einem äußerst ironischen Unterton.

»Das wird mir jetzt zu blöd, ich bin auf dem Balkon, eine rauchen, du machst mich echt wahnsinnig, Felix!«

Tom schlüpfte in seinen Bademantel, suchte eine Zigarette und Feuer und ging auf die Terrasse. Susi kam währenddessen aus dem Bad zurück.

»Was ist denn hier los? Sag mal, Felix, was bist du für ein undankbarer Mensch? Ich hab alles genau gehört, was du gerade über mich gesagt hast, und dass eines klar ist – niemand nennt mich eine Schlampe! Eigentlich sollte ich dir eine schallern, aber ich will mir nicht die Finger schmutzig machen, so gern mag ich dich dann auch wieder nicht.«

»Zieh du dir erst mal was über, bevor du mit mir sprichst, hier wird nicht nackt herumgelaufen!«

»Halt den Mund, weißt du, ich kann nicht anders, wir Schlampen haben das so an uns, dass wir überall hüllenlos rumlaufen, das macht uns geil!«, erwiderte Susi mit einem ebenfalls ironischen, mehr schon aggressiven Unterton. »Ich habe dich früher immer gegenüber dem Rest der Klasse in Schutz genommen, aber du bist es echt nicht wert! Du hast wohl schon vergessen, wie oft ich mich für dich eingesetzt habe, dir bei Problemen immer gern geholfen hab und du des Öfteren auch mit mir im Auto mitgefahren bist. Tom hat dir den Urlaub hier ermöglicht und als Dank hast du ihm mit deiner gemeinen Lügerei drei Tage versaut. Normalerweise wärst du jetzt schon nicht mehr hier, er wollte nämlich eigentlich gestern nach Hause fahren, also hättest du natürlich auch mitgemusst. Weil ich ihm dann gerade noch rechtzeitig geschrieben habe, was wirklich war, hat er es sich anders überlegt, aber mit dir sind wir nun fertig, für dich tun wir gar nichts mehr! Und dass du uns noch dazu unser Liebesglück nicht gönnst, find ich wirklich ein starkes Stück von dir! – Komm, Tom, ziehen wir uns an, wir gehen ans Meer, der Felix soll machen, was er will.«

Felix rief ihnen nach: »Ich werd gleich mal meinen Vater anrufen, du kannst was erleben, Tom, und du auch, liebe Susanne!«

Die Rache des Fischkopfs

Felix war zutiefst sauer über die Reaktion der beiden. Nachdem er das Telefonat mit seinem Vater geführt hatte, begriff er, dass er den Tag vermutlich wieder allein verbringen musste, da der Rest der Gruppe auch keinen gesteigerten Wert auf seine Anwesenheit legte. Dafür musste er sich rächen. Er überlegte sich alle möglichen Gemeinheiten, die er seinem Zimmergenossen und dessen reizender Freundin antun konnte. Er blickte auf den Tisch, auf dem eine Schachtel von Toms Zigaretten lag.

›Man müsste diesem Arschloch eine giftige Substanz in den Tabak mischen, damit ihm von seiner Qualmerei mal so richtig übel würde‹, dachte er, aber er hatte keine Ahnung, welche Substanz er nehmen sollte und wie man so etwas unbemerkt in eine Zigarette drehen konnte. Und was, wenn Tom an den Folgen der Giftzigarette starb? Dann würde er womöglich als Mörder angeklagt, noch dazu in einem fremden Land, das ging überhaupt nicht. Er ging in der Wohnung auf und ab. Während er sich so seine Gemeinheiten überlegte, betrat er zum wiederholten Mal

Toms Zimmer. Was sah er da? Hatte Tom, der sonst so überkorrekt war, wirklich den Zimmersafe offen stehen lassen? Der Fischkopf inspizierte alles, was darin verwahrt war. Neben Toms Reisepass und einigen anderen persönlichen Dingen fand er etwas, was ihm seinen Tag ziemlich versüßen konnte. Es war Toms Kreditkarte. Felix hatte mal in einer Fernsehsendung gesehen, dass es problemlos möglich sei, eine fremde Kreditkarte zu benutzen, da die Unterschrift häufig nicht mit der auf dem Zahlungsmittel verglichen würde. Das konnte er heute ja mal ausprobieren. Mit der Karte konnte er schön essen gehen, ohne selbst auch nur einen Cent bezahlen zu müssen, mehr noch, er, der ansonsten ziemlich geizig war, würde heute ausnahmsweise auch ins Malibu mitkommen und die gesamte Clique, die ansonsten nichts mit ihm zu tun haben wollte, auf ein paar Drinks einladen. Heute würden sie ihn nicht ignorieren, heute würde er der Star des Abends sein. Aber vorher musste natürlich alles in der Praxis erprobt werden, man wollte sich ja schließlich nicht blamieren.

»Ach ja, und ein paar Geschenke für unser frisch verliebtes Paar hab ich natürlich auch.«

Er griff in seine Tasche und nahm einige Sicherheitsnadeln heraus. Er hatte sie zu dem Zweck dabei, dass er seine Reisetasche zusammenheften konnte, falls sie aufplatzte. Kurz entschlossen steckte er sie in die Kopfkissen in Toms Zimmer, sodass sich Tom und Susi daran ernsthaft verletzten würden, falls sie sie nicht vorher bemerkten. Schließlich griff er in den Safe und nahm die Kreditkarte an sich. Er musste sie nur wieder rechtzeitig zurücklegen, damit Tom nichts von seiner Tat bemerkte, aber die beiden würden sicher nicht so früh zurückkehren, wenn überhaupt an diesem Abend.

Unglücklicherweise stieß der Fischkopf bei der Ausführung seines Diebstahls eine Flasche Limonade um, welche offen in dem Eck, in dem sich auch der Safe befand, auf dem Boden stand. Natürlich war er zu faul, die Sauerei wegzuputzen, was sich jedoch später als Vorteil für Tom erweisen sollte. Der Fischkopf realisierte in seiner Beschränktheit natürlich nicht, welchen fatalen Fehler er in diesem Moment beging. Irgendwie waren ihm seine Sandalen heute zu unbequem, weshalb er eben ein anderes von den fünf Paar Schuhen, die er dabeihatte, wählte. Die Sandalen, an denen immer noch die Limonade klebte, stellte er in sein Zimmer. Den Schlüssel eingesteckt, die Tür hinter sich zugezogen und ab in die Stadt, um sein »neues Spielzeug« auszutesten.

An der Ecke im *Café del Sol* bestellte er sich einen XXL-Becher Eis. Da er jedoch eigentlich um diese Uhrzeit noch gar kein Eis mochte, probierte er nur ein paar kleine Löffelchen und ließ den

Becher dann zurückgehen. Es ging schließlich nur darum, auszutesten, ob der Ober die Karte akzeptieren würde, und siehe da, Felix konnte die Rechnung bezahlen, obwohl seine Unterschrift mit der auf der Karte nicht identisch war.

›Warum heute nicht mal etwas eleganter zu Mittag essen?‹, dachte er, während er so durch die Stadt ging. Neue Schuhe könnte er auch brauchen, aber so gemein wollte er dann doch nicht sein, zudem waren am Sonntag die Geschäfte – abgesehen von den typischen Souvenirläden für Touristen – geschlossen. Bei der Dichte an Restaurants war es natürlich schwierig, sich ein passendes auszuwählen. Er ging durch die Restaurantmeile und überlegte: ›Wie wäre es mit einer schönen Fischplatte?‹

Hummer hatte er noch nie probiert, aber da fiel ihm ein, dass er ja eigentlich keinen Fisch mochte, wenn, dann sollte es doch ein Genuss sein. Benachbart gab es ein Steakhouse, in dem Steaks amerikanischer Art serviert wurden, aber auch darauf hatte Felix heute keine Lust. Er wollte die Suche schon aufgeben, als er auf ein Lokal traf, das Heimatgefühle in ihm weckte. *Bayerisches Bierhaus* stand auf einer großen Leuchttafel über der Terrasse zu lesen. Aber nicht nur der Name war bayerisch, sondern die ganze Einrichtung. Die Gäste saßen unter hohen Bäumen an Tischen mit weißblau karierten Tischdecken. Der Besitzer hatte bewusst einen deutschen Namen für sein Lokal gewählt, um seine Gästen, die überwiegend aus Deutschland und Österreich stammten, auf diese Weise zu ködern. Unter ihnen gab es immer wieder solche, die nicht auf ihre heimischen Gewohnheiten verzichten und auch im Urlaub ein schönes bayerisches oder österreichisches Bier trinken und die gewohnten Speisen verzehren wollten. Mit genau diesen Gästen verdiente der Wirt, der selbst zwanzig Jahre in München gelebt hatte, sein Geld.

Dieses Etablissement war genau nach dem Geschmack des Fischkopfs. Auch wenn er kein Bier trank, würde er hier heute Mittag schön essen und es sich dabei so richtig gutgehen lassen. Aber zunächst wollte er sich noch etwas umsehen, was man denn so alles machen konnte mit elektronischem Geld. Da musste es noch viel mehr geben. Irgendwie war es doch eigenartig. Nun waren sie schon fast eine Woche in Rovinj und Felix hatte immer noch keinen Überblick, was es in dem Ort so alles gab. Eigentlich gefiel es ihm hier ja auch nicht, schon am Morgen diese unerträgliche Hitze, die vielen Menschen, die überfüllten Badestrände, eigentlich hasste er das alles. Warum er jetzt zu diesem Zeitpunkt hier war, wusste er eigentlich selbst nicht mehr. Es ging ihm vielmehr darum, sich nicht aus der Klassengemeinschaft ausschließen zu lassen, aber war er das nicht schon sowieso? Er wusste genau, dass er auf Tom angewiesen war, er hatte ihm diesen Urlaub ermöglicht, er hatte ihn ja mitgenommen und bei sich wohnen lassen, aber das wollte der Fischkopf auf keinen Fall honorieren, er hasste Tom ja wie die Pest und wollte ihn das auch spüren lassen. Wenn es ihm schon nicht gelang, ihm einen ernsthaften Schaden zuzufügen, dann wollte er ihm wenigstens die letzten Tage hier gründlich versauen. Diesen Abend würden sich mit Sicherheit viele von ihm auf einen Drink einladen lassen. Somit konnte Felix Tom zeigen, was die meisten der Teilnehmer an der Abifahrt von ihm hielten. Ihnen wäre es egal, woher das Getränk käme, Hauptsache, sie mussten nichts dafür zahlen.

Da der Fischkopf aufgrund seines beschränkten Horizontes nicht so recht wusste, was er an einem Ort, der ansonsten für seine Gäste so viel zu bieten hatte, anfangen sollte, beschloss er, gleich zum Essen überzugehen. Vor dem Lokal stand eine Tafel, auf der das Angebot des Tages – ebenfalls in Deutsch – zu lesen war. *Schweinshaxe mit Knödel und Blaukraut* stand da in weißer Kreide geschrieben. Dieses Gericht war zum Traumpreis von umgerechnet nur zwanzig Euro zu haben.

Der Fischkopf setzte sich an einen Tisch und gab seine Bestellung auf. Zu dieser Zeit war er noch der einzige Gast im Restaurant, sodass er mit seiner exotischen Speisenwahl sicher auffiel, aber das war ihm egal. So mampfte er nun genüsslich seine wohlverdiente Stärkung zu Mittag.

Es war ziemlich ekelig anzusehen, wie der Fischkopf zu essen pflegte. Er konnte nicht so recht mit Messer und Gabel umgehen, das sah man ihm schon aus weiter Entfernung an. Wer mit ihm am Tisch saß und seine Kaugeräusche mitanhören musste, hatte spätestens nach fünfzehn Minuten keinen Appetit mehr. Zwischendrin rülpste er auch immer wieder aufgrund des fetten Essens und trank aus seinem Glas, ohne sich zuvor den Mund abzuwischen.

Nachdem er so eine Stunde lang seine Show abgezogen und die Haxe bis auf den Knochen verspeist hatte, dachte er daran, dass er ja schon einmal für das Abendessen vorsorgen musste. Also bestellte er noch eine Haxe, ließ sich diese aber einpacken. Der Ober, welcher die Rechnung kassierte, kritisierte ebenfalls in perfektem Deutsch, dass der Fischkopf die komplette Tischdecke versaut hatte, und wollte, dass er für den Schaden aufkam. Da Felix daraufhin ziemlich frech antwortete und sich weigerte, für die Reinigung seines Tisches zu bezahlen, eröffnete ihm der Chef des Hauses, der die Auseinandersetzung mitbekam, dass er ihn hier so schnell nicht wieder sehen wolle, womit er den Flegel jedoch nicht beeindruckte. Nun setzte er seinen Streifzug durch den Ort, welcher lediglich das Ziel hatte, Toms Geld auszugeben, fort. Da er jedoch nichts Passendes mehr fand, beschloss er, in das Appartement zurückzugehen und ein kleines Nickerchen zu halten, bevor er die restliche Zeit bis zu seinem großen Auftritt auf der Terrasse verbrachte, denn auch der Pool war ihm aufgrund seines Verhaltens ja verboten.

Doch nun ereignete sich etwas, mit dem er nun gar nicht gerechnet hatte. Was war das, hatte der Fischkopf vor lauter Bosheit den Weg zurück zum Quartier vergessen? Felix wurde nervös. Zwei Stunden irrte er planlos umher. Er konnte sich nicht mehr erinnern, in welche Straße er einbiegen musste, die zur Wohnung zurückführte. Es war, als wollte sich eine höhere Instanz bei ihm für seine Gemeinheiten, die er plante und bereits teilweise vollzogen hatte, rächen.

Als er bereits absolut durchgeschwitzt und verzweifelt war, traf er auf Armin, der wieder einmal für sich allein ein wenig bummeln war. Diesem erzählte er, dass Tom ihn in eine Gasse geführt, in der er sich nicht auskannte, und ihn dann allein gelassen hatte. Da Susi jedoch bereits der Gruppe Bescheid gesagt hatte, dass sie sich mit Tom heute abgeseilt hatte, und auch Armin darüber und auch über die Gemeinheiten des Fischkopfes bereits bestens informiert war, konnte dieser bei ihm mit seinen Lügenmärchen keinen Eindruck schinden. Armin führte den Giftzwerg zwar höflicherweise zum Quartier zurück, bat ihn jedoch, seine Lügerei künftig gefälligst bleiben zu lassen. Felix könne seiner Meinung nach froh sein, einen Zimmergenossen wie den Tom zu haben, der sich wirklich vorbildlich um ihn gekümmert hatte, wozu er eigentlich nicht verpflichtet gewesen wäre. Er appellierte außerdem an Felix, sich nicht in die Beziehungsangelegenheiten von Tom und Susi einzumischen, da ihn diese gar nichts angingen und er es ansonsten mit ihm zu tun bekäme. Dieser Appell beeindruckte den Fischkopf nicht im Geringsten. In seinen Gedanken war er bereits in den Planungen für den Abend …

Romantik pur

Als die beiden das Appartement verließen, war Tom immer noch sehr aufgeregt, er war so richtig rot im Gesicht vor Wut.

»Was glaubt dieser Bubi eigentlich, wer er ist? Er behandelt mich so, als wär ich sein Sklave.«

»Schatz, du darfst dich nicht immer so aufregen, sonst wirst du noch ganz krank. Fühl mal dein Herz, wie schnell das schlägt, komm, entspann dich. Nun bist du ja raus aus der Wohnung und mit mir allein.«

Tom griff in seine Taschen.

»Verdammt, in der Aufregung hab ich auch noch meine Zigaretten vergessen.«

»Schatz, du darfst nicht so viel rauchen, das macht dich auch nur kaputt! Ich weiß da was viel Besseres für deinen Mund, was viel schöner und gesünder ist und von dem ich auch was habe.«

Mit diesen Worten führte sie ihre gespitzten Lippen an Toms Lippen und die beiden verfielen wieder in minutenlanges Knutschen. Sie hatte absolut recht, minutenlanges Küssen war viel schöner, als an einer qualmenden Zigarette zu ziehen.

»Hast du deinen Autoschlüssel dabei? Ich kenne ein wunderschönes, ungestörtes Plätzchen am Meer, so circa zehn Kilometer von hier entfernt, das haben wir entdeckt, als ich früher mal mit meinen Eltern und meiner Schwester hier Urlaub gemacht habe, ein echter Geheimtipp, wenn du willst, können wir da hinfahren?«

»Dann mal los!«

Tom sperrte seinen Audi auf und los gings. Es war eine Wohltat, mal nicht den Fischkopf, sondern seine Susi neben sich sitzen zu haben. Nicht nur, dass sie, obwohl sie ja an diesem Morgen auch noch nicht geduscht hatten, wesentlich besser roch als dieses Ekel, nach Liebe eben, sondern auch, dass sie allein durch ihre Anwesenheit Tom glücklich machte. Zärtlich strich sie über seine rechte Hand, welche auf dem Schaltknauf lag.

»Willst du mal was richtig Abartiges hören?«, fragte Tom.

»Was denn?«, erwiderte Susi.

»Wirst du gleich sehn.«

Mit diesen Worten drückte Tom eine Taste an der Mittelkonsole des Fahrzeuges und es begann ein schreckliches Gedudel. »*Schrauziwauzibauzilein*«, ertönte es aus den Lautsprechern.

»Oh Gott, ist das das Zeug, das du dir auf der Fahrt anhören musstest?«

»Ganz genau, das ist das Zeug.«

»Das grenzt ja an Körperverletzung. Gut, ich musste mir mit den Mädels im Auto auch schlimme Sachen anhören, die haben auch alle einen furchtbaren Musikgeschmack, aber das hier übertrifft alles. Das ist so schlecht, dass es schon fast wieder gut ist. Siehst du, nun bist du doch schon wieder viel besser drauf, kannst auch wieder lachen. Ich an deiner Stelle würde mir diese CDs behalten, so zur Belustigung, eigentlich macht man das nicht, aber nachdem der Felix so gemein war, kannst du das mit gutem Gewissen tun. Du kannst sie ihm ja zurückgeben, wenn er danach verlangt, ansonsten behältst du sie dir.«

»Gute Idee, sonst glaubt mir keiner, welchen Mist ich mit anhören musste«, scherzte Tom.

Nach circa zwanzig Minuten Fahrt waren sie am Ziel angelangt, ein verwilderter Parkplatz, der von der Hauptstraße aus kaum zu sehen war, wo es jedoch problemlos möglich war, das Auto sicher abzustellen.

»Komm mit, wir müssen hier lang«, gab Susi den Weg vor.

Sie nahmen einige Decken, welche Tom immer im Auto hatte, aus dem Kofferraum und stiegen über einen steinigen Pfad nach unten. Es war nicht ganz einfach, diesen Weg, der nicht sonderlich gepflegt war, zu begehen, man musste höllisch aufpassen, dass man nicht stolperte. Sie zogen sich außerdem etliche Kratzer an dem Gestrüpp zu, das über den Weg hing, aber das war nicht weiter schlimm. Langsam schillerte das

144

Meer durch die Mulde, welche nach unten zu dem Platz führte. Nun endlich waren sie unten am Wasser und es schien, als hätte Susi nicht zu viel versprochen. Bei diesem Platz handelte es sich um eine Bucht, die von hohen Felswänden umrahmt und aufgrund vorgelagerter Wellenbrecher mit Booten nicht erreichbar war. An windigen Tagen bot sie ein windstilles Plätzchen und auch ein wenig Sonnenschutz. Ein weiterer Vorteil lag darin, dass die Bucht von oben nicht einsehbar war, man war also absolut für sich – eigentlich wusste so gut wie niemand, dass es dort unten einen solch idyllischen Badeplatz gab.

Sie breiteten ihre Decken aus und setzten sich, um dem Rauschen des Meeres zu lauschen.

»Was ist, hast du keine Lust zum Baden?«, rief Susi.

»Wie denn, wir haben ja nichts dabei.«

»Du Langweiler«, rief Susi lachend. »Hier unten sieht uns doch keiner, wir können also nackt ins Wasser gehen, mit meinen Eltern haben wir das früher immer so gemacht.«

Susi legte in Windeseile ihre Kleidung ab und rannte splitternackt ins Wasser. Nun konnte Tom wieder einmal so richtig sehn, wie schön sie war, ihre traumhafte Figur und ihr Haar leuchteten in der Sonne, in der freien Natur kam ihre Schönheit noch viel stärker zur Geltung. Er ließ sich nun natürlich nicht mehr lange bitten, zog sich auch rasch aus und folgte ihr. Zum ersten Mal in seinem Leben machte er also FKK, wer hätte das gedacht. Zwar hätte Tom es nicht gemocht, sich an einem größeren FKK-Strand aufzuhalten, wo er betrachtet wurde und andere sehen musste, aber hier, allein mit seiner Geliebten, war es einfach nur schön. Die beiden tobten wie Kinder verspielt im Wasser herum, plantschten, fassten sich an Arme und Beine, um sich gegenseitig zu necken, und lieferten sich eine Wasserschlacht.

Als sie wieder an Land waren, flüsterte Susi: »So, nun sind wir beide ja ganz allein, nun können wir endlich da weitermachen, wo wir vorhin unterbrochen wurden.«

Diesmal ließ sich Tom nicht mehr bitten. Susi legte sich, klitschnass wie sie war, lustvoll mit gespreizten Beinen auf die Decke und Tom auf sie. Dieses Gefühl der zärtlichen Berührung, in sie einzudringen und die Bestätigung ihrerseits war göttlich. Konnte das Leben denn schöner sein als an solch einem Tag, noch dazu, wenn man an einem Ort war, der das Paradies auf Erden zu sein schien und nur zehn Kilometer von der gefühlten Hölle entfernt war? Mehr noch, Tom war es, als wäre er zum ersten Mal in seinem Leben richtig glücklich, auch wenn er natürlich schon viele andere glückliche Momente erlebt hatte.

Nachdem sich die beiden beim Liebesspiel so richtig ausgetobt hatten, lagen sie etwas erschöpft, aber zufrieden und entspannt nebeneinander und genossen die Sonne und das rauschende Meer.

»Liebst du mich?«, fragte Tom Susi

»Das fragst du? Komm her, mein Prinz!«

Und wieder verfielen sie in wildes Knutschen und konnten gar nicht mehr aufhören.

»Hätte nicht gedacht, dass das heut noch so ein schöner Tag wird nach dem, was heute Morgen in der Wohnung vorgefallen ist«, sagte Tom, als die beiden so nebeneinander auf der Decke lagen.

»Ich auch nicht, Schatz.«

»Schatz«?, fragte Susi auf einmal nachdenklich. »Wäre es denn sehr schlimm für dich, wenn ich irgendwann schwanger werden würde?«

»Nein, Maus, wie kommst du darauf?«, fragte Tom.

»Na, weil du immer so besorgt bist, ob ich die Pille genommen hab und so weiter.«

»Nein, Susi, ich liebe dich so sehr, ich stelle es mir sogar sehr schön vor, mit dir ein Kind zu haben, nur im Moment wäre es für uns beide nicht gut, wir wollen ja beide noch studieren, haben noch kein Geld und dann wären wir in unserem Vorhaben stark eingeschränkt.«

»Gut, klar, das verstehe ich, ich will ja jetzt auch noch kein Kind, aber wenn es doch passieren würde, würdest du zu mir stehen?«

»Natürlich, meine Maus, ich kann nur noch

einmal sagen, dass ich dich liebe, und das gilt für alle Lebenslagen!«

Nun war Susi wieder voll zufrieden, sie beugte sich über Tom und küsste ihn am ganzen Körper.

»Du kannst dir sicher sein, dass wir einen Weg finden würden, wenn es passieren würde, meine Eltern würden uns unterstützen und wir könnten unseren Weg auch mit einem Baby machen.«

Nun war auch Tom erleichtert und erwiderte seine Liebe gegenüber seiner Susi.

»Kannst du dir erklären, warum der Felix so empört reagiert hatte? Sicher hätte ich dich vorwarnen und dir meinen Bademantel geben sollen, aber daran dachte ich in diesem Moment nicht. Aber jeder andere Mann würde es genießen, eine nackte Frau, noch dazu so eine hübsche wie dich, in seinem Zimmer zu sehen, auch wenn das nicht in meinem Sinn wäre, du weißt schon, was ich mein.«

»Ich versteh nicht, dass ihr Männer für so was überhaupt keinen Blick habt. Der Felix ist garantiert schwul, das hab ich sofort gemerkt, auch in der Schule. Und so, wie er dich vorhin angeschaut hat …«

»Du glaubst …?«

»Ja, ich glaube. Der Felix ist scharf auf dich und deshalb natürlich auch nicht glücklich darüber, wenn du etwas mit einer Frau hast.«

»Na so was, und ausgerechnet mit ihm muss

ich mir ein Appartement teilen, na fabelhaft.«

»Aber das ist doch jetzt egal, jetzt haben wir ja uns. Du kannst heute Nacht auch gern bei mir schlafen, würde mich so freuen, hab sowieso sturmfrei, da die Silvi jetzt etwas mit dem Steffen am Laufen hat und nun bei ihm schläft, das hat sie mir vorhin geschrieben, als wir mit dem Auto hierher unterwegs waren. Ich würde an deiner Stelle in diesem Appartement sowieso nicht mehr schlafen. Wir gehen nachher zu dir, holen deine Sachen und du ziehst für die restliche Zeit zu mir. In dieser Wohnung mit dem Giftzwerg gehst du ja noch völlig kaputt.«

»Du hast recht.«

»Silvi bleibt die restlichen Tage ja eh bei ihrem Lover, dann passt das doch optimal.«

»Irgendwie hab ich das Gefühl, dass uns da heute noch etwas Unangenehmes bevorsteht, der inszeniert etwas, da bin ich mir sicher.«

»Schatz, und wenn es so ist, dann stehen wir das gemeinsam durch, versprochen.«

Mit diesen Worten strich Susi Tom über die Schulter.

»Susi?«

»Ja, was ist denn, mein Bär?«

»Langsam bekomm ich Hunger.«

»Ich auch, es ist auch schon gleich vierzehn Uhr. Wenn du willst, können wir was essen gehen, ganz hier in der Nähe gibt es ein ausgezeichnetes Lokal im ländlichen Stil direkt am Meer, eine sogenannte Konoba, so nennt man hier einen Weinkeller. Es ist auch gar nicht teuer.«

»Und ob ich Lust hab, los geht's.«

Das Lokal lag auf einem Felsen mit herrlichem Blick auf das Meer. Da nachmittags die Küche nicht in Betrieb war, gab es jedoch keine warmen Speisen. So bestellten die beiden eine Schinken-Käseplatte mit Oliven für zwei Personen, Weißbrot, einen halben Liter Rotwein und reichlich Mineralwasser mit Eis gegen den Durst. Susi hatte auch diesmal nicht zu viel versprochen, noch nie hatte Tom einen so köstlichen Schinken und auch keinen so guten Käse gegessen. Dazu der Rotwein. Tom verstand so einiges von Wein, sein Vater hatte schon viele gute Tropfen aufgefahren, aber dieser Rotwein übertraf alles.

Susi war einfach toll, sie hatte Niveau, legte Wert darauf, im Urlaub auch Landestypisches zu erleben, nicht wie der Rest der Gruppe, der wahrscheinlich am liebsten gleich am Ballermann Urlaub gemacht hätte.

»Was glaubst du, was der Fischkopf jetzt macht?«

»Schatz, schalt doch mal ab, denk doch nicht dauernd an diesen Kasper, du bist ja schließlich nicht seine Mutter. Er ist zudem volljährig, der kommt schon zurecht, braucht ja nur zu den anderen rübergehen. Sollen die sich mal um ihn kümmern, Lothar zum Beispiel, dieser eitle Pfau.«

»Ist auch wieder wahr.«

»Jetzt genießen wir das tolle Essen.«

»Für heut Abend reicht mein Bargeld aber nicht mehr – wenn wir noch mal essen gehen wollen, muss ich erst noch in die Wohnung und meine Kreditkarte holen.«

»Du musst aber doch nicht alles bezahlen, ich hab ja auch Geld dabei. Heute Abend lad ich dich mal so richtig ein!«

»Das ist es, was ich an dir liebe, diese Gegenseitigkeit.«

Gegen achtzehn Uhr betraten die beiden das Appartement.

»Ach, so ein Mist!«, rief Tom.

»Was ist denn?«

»Ich hab heute Morgen vergessen, den Safe zu schließen, und er stand die ganze Zeit offen.«

»Schau sofort nach, ob irgendwas fehlt.«

»Pass, Ersatzschlüssel für das Auto, Geldbörse sind da, aber wo ist meine Kreditkarte? Ich bin mir sicher, dass ich sie in den Safe gelegt habe und heute nicht dabeihatte, als wir am Strand waren.«

»Schau noch mal alles durch, nicht dass du jemanden zu Unrecht verdächtigst.«

»So, jetzt hab ich alles dreimal durchsucht, sie ist nicht da, so ein Mist, die muss jemand gestohlen haben.«

»Aber wer, glaubst du, sollte so etwas tun?«

»Komm, wir müssen zur Polizei, Meldung machen. Es war so ein schöner Tag und jetzt das.«

»Ach Schatz, da kommt sicher nichts dabei raus, außerdem ist der Abend auch nicht so schlecht, wie du glaubst. Wir haben eine Spur, schau mal da.«

Susi zeigte auf die glänzende Klebeschicht, die entstanden war, als der Fischkopf die Flaschen mit Limonade umgestoßen hatte. Unglücklicherweise oder in Toms Situation glücklicherweise war der Übeltäter ja in die Pfütze getreten und hatte einen Abdruck von seiner Schuhsohle hinterlassen.

»Diesen Abdruck kenn ich. Das sind doch die Sandalen vom Fischkopf. Ich seh mal nach, ob sie da sind.«

Tom ging ins benachbarte Zimmer und kontrollierte alle Schuhe, die dort standen. Und was sah er? Zufälligerweise hatte sein ungeliebter Zimmergenosse genau dieses Paar Sandalen hier gelassen, mit welchem er die Spuren hinterlassen hatte.

»Jetzt haben wir ihn«, rief Tom erfreut.

»Machen wir gleich einmal ein paar Beweisfotos.«

Er nahm seine Digitalkamera zur Hand und fotografierte sowohl die Fußspur vor dem Safe als auch das Profil der Sandale. Glücklicherweise fanden sich auch an der Schuhsohle Spuren von der Limonade, sodass es eindeutig war, dass der Felix am Safe gewesen war.

»Ich kann hier nicht mehr bleiben, du hast völlig recht, ich geh hier kaputt.«

»Ach Schatz, nicht doch, ich sag dir, was wir jetzt tun. Du nimmst jetzt deine Tasche und deinen Koffer, ich helfe dir packen, dann gehen wir rüber zu mir, machen uns ein wenig frisch und gehen noch mal schön essen, ich lad dich ein. Den Abend lassen wir uns nicht verderben, was hältst du davon?«

»Abgemacht, ich muss hier raus.«

»Ich auch, tut mir echt leid, welchen Ärger du hast. Mannomann, wer hätte gedacht, was dieser Kerl für ein schlechter Mensch ist. Ich dachte auch immer, dass er zwar etwas komisch, aber ansonsten ganz okay sei.«

Susi griff, während sie Tom beim Packen seiner Tasche half, die auf dem Bett lag, in eines der Kopfkissen.

»Autsch!«

»Schatz, was ist?«, fragte Tom.

»Ich hab mich an irgendetwas gestochen.«

Tom sah sich die Kissen genauer an.

»Tatsächlich! In den Kissen befinden sich Sicherheitsnadeln, die muss Felix, diese Ratte, in die Kissen gesteckt haben. Das wird er mir büßen, dieser Mistkerl! Tut mir leid.«

»Ach, das macht doch nix, ist ja nur eine ganz kleine Verletzung, aber lass uns so schnell wie möglich von hier verschwinden, mir wird das alles zu unheimlich hier.«

»Na klar, ich bin gleich fertig, Susi, und dann verschwinden wir hier.«

»Aber du kannst dir sicher sein, dass ich auch in dieser Situation zu dir halte. Ich mach dir eine Zeugin, wenn es nötig ist, das ist ja das Mindeste, was ich für dich tun kann, Schatz, und für dich würde ich alles tun!«

Als Susi das sagte, griff sie Tom abermals zärtlich auf die Schulter, und er erwiderte diese Geste mit einem Kuss.

»Was wäre ich ohne dich, Biene?«

Überführung

Tom hätte nicht gedacht, dass nach dem Ereignis mit der Kreditkarte der Abend noch so schön werden würde. Er saß mit seiner attraktiven Freundin im Restaurant Marin, die beiden verzehrten eine Balkanplatte für zwei Personen, dazu Salat, Weißbrot und natürlich einen klassischen Rotwein, von dem auch Susi wieder reichlich trank, obwohl sie normalerweise keinen Alkohol zu sich nahm. Die Wartezeit zwischen dem Essen und der Nachspeise bot noch dazu die Gelegenheit für persönliche Gespräche.

»Ist das nicht herrlich, Susi? Der Rest unserer Clique betrinkt sich um diese Zeit wieder drüben im Malibu und wir genießen die Atmosphäre hier auf der Terrasse. Aber das alles wäre nichts ohne dich!«

»Ach Schatz, das hast du jetzt schön gesagt, komm her, du bekommst gleich noch einen Extrakuss, hmmm.«

»Darf ich dich mal was Persönliches fragen? Aber bitte nicht falsch verstehen.«

»Schatz, du darfst mich alles fragen, es gibt keine blöden Fragen und ich hab keine Geheimnisse vor dir, also schieß los!«

»Wie kommt es eigentlich, dass du kaum Dialekt sprichst, obwohl du aus Bayern kommst und deine Eltern auch Bayern sind?«

Jetzt musste Susi lachen.

»Es gibt da eine Sache, die du noch nicht weißt. Ich komme gar nicht aus Bayern, ich bin eigentlich Österreicherin. Meine Eltern sind Österreicher und ich bin in Graz geboren. Als ich zwei Jahre alt war, bekam mein Vater als Ingenieur bei BMW in München Arbeit. So sind wir zusammen, meine Eltern, meine Schwester und ich, zunächst nach München, dann nach Schwindegg, wo wir ja heute noch leben, umgezogen. Dass ich kaum Dialekt spreche, kommt eben daher, dass wir eben zunächst längere Zeit in München gelebt haben, und komischerweise spricht dort fast niemand Dialekt, zumindest war das in unserem Umkreis so. Ist es denn schlimm für dich, dass ich keinen Dialekt spreche? Sei bitte ehrlich.«

»Nein, ich hab mich nur gewundert, aber es ist mir absolut egal, ich lieb dich einfach so sehr, dass mich nicht mal stören würde, wenn du nur Englisch könntest.«

»Aber du hast recht, ich würde auch lieber mehr Dialekt sprechen, ich schaue, dass ich es mir wieder angewöhne. Und dass ich Österreicherin bin, stört dich das?«

»Wie kommst du darauf? Ich liebe Österreich,

es ist eines meiner Lieblingsländer!«

»Klasse, dann freu dich schon mal auf den Besuch bei meinen Großeltern in der Steiermark, den wir auch irgendwann mal zusammen machen werden. Das sind noch so richtige Originale, sie werden dir gefallen. Ich bin mir absolut sicher, dass sie dich lieben werden – du bist so ein Typ ganz nach ihrem Geschmack!«

Kaum hatten die beiden ihren Nachtisch bekommen, da klingelte Susis Handy.

»Hi Silvi!«

»Hallo, Susi, wo seid ihr?«

»Wir sind gerade beim Essen im Restaurant Marin, was gibt's denn so Wichtiges?«

»Ich störe euch wirklich ungern, aber es geht um unseren Freund Felix. Er hat gerade den großen Max gespielt und für umgerechnet circa hundertfünfzig Euro mehrere Runden Getränke ausgegeben. Ich hab zufällig gesehen, wie er die Rechnung mit einer Kreditkarte bezahlt hat.«

»Oh nein!«

»Was ist los?«

»Silvi sagt, dass Felix gerade eine Runde Getränke ausgegeben und mit einer Kreditkarte bezahlt hat.«

»Das darf doch nicht wahr sein! Komm, gib sie mir!«

»Hi Silvi, hier ist Tom.«

»Hi Tom.«

»Susi hat mir schon gesagt, was passiert ist.«

»Okay, dann weißt du Bescheid. Mich wundert das nur, da er sich nur eine halbe Stunde davor in der Bar darüber lustig gemacht hat, dass du häufig die Kreditkarte benutzt, Autobahngebühr und so weiter damit bezahlst. Noch dazu sagte er, dass er selbst keine Kreditkarte besitze und sich auch nie eine zulegen werde, das hab ich deutlich gehört.«

»Was du nicht sagst! Ich vermiss tatsächlich meine Kreditkarte, wir haben vorhin alles durchsucht und nichts gefunden. Allerdings haben wir eine Spur. Wir wissen, dass Felix an meinem Safe war, den ich versehentlich vergessen hatte, abzuschließen. Silvi, bitte tu mir einen Gefallen, schau, ob Felix Belege auf dem Tisch liegen lässt. Wenn ja, bitte nimm sie mit, wir benötigen sie als Beweisstück. Ich glaube, wir werden unseren Freund heute Abend doch noch einmal besuchen.«

»Aber natürlich, ich werde versuchen, an die Belege zu kommen!«

»Danke, das werde ich dir nie vergessen! Kannst du uns informieren, sobald ihr aus der Bar aufbrecht und alle nach Hause geht? Wäre wichtig!«

»Kein Problem, ich schreib Susi dann eine Nachricht.«

»Vielen Dank, du bist ein Schatz, bis nachher.«

»Und?«

»Jetzt haben wir ihn! So wie ich unseren Freund, den Fischkopf, kenne, wird er wie immer seine Belege auf dem Tisch liegen lassen. Damit sitzt er in der Falle.«

Als sie ihren Nachtisch aufgegessen hatten, bekam Susi auch schon die erwünschte SMS von Silvi:

Hi Susi, richte Tom bitte aus, ich hab die Belege. Felix hat sie tatsächlich auf dem Tisch liegen gelassen. Aber es kommt noch viel besser, er wird euch aus der Hand fressen! Rein zufällig ist ihm seine Geldbörse aus der Tasche gefallen, als er sich von seinem Stuhl erhoben hat. Man sah ihm an, dass er nervös war und das Lokal schnell verlassen wollte. Als ich zu seinem Platz gestürmt bin, um die Belege einzusammeln, fiel mir auf, dass auf seinem Stuhl etwas lag, und siehe da, es war seine Geldbörse und Toms Kreditkarte ist tatsächlich drin. Somit kann er es nicht mehr leugnen, dass er sie gestohlen und benutzt hat. Ich habe außerdem weitere zwei Belege beim Durchsuchen der Brieftasche gefunden, vermutlich hat er die Karte heute schon einmal benutzt. Treffen wir uns in 20 Minuten vor dem großen Brunnen, dann geb ich euch alles, schafft ihr das? Am besten besucht ihr unseren Freund heute noch, um ihm seine Geldbörse persönlich zurückzugeben, dann wird er sich riesig freuen. Liebe Grüße, deine Silvi.

Susi bedankte sich für ihre Mithilfe und sagte ihr als Dankeschön eine Einladung zum Abendessen zu.

Nachdem Tom und Susi sich mit Silvi getroffen und alles entgegengenommen hatten, machten sie sich auf den Weg zu Felix. Tom schäumte vor Wut, Susi musste auf ihn einreden und ihn bremsen, damit er nicht durchdrehte. Tom war sich sicher, wenn er seinen Freund in dieser Situation allein irgendwo angetroffen hätte, hätte er ihn eiskalt zusammengeschlagen, obwohl das normalerweise nicht seine Art war, aber er war ja glücklicherweise nicht allein unterwegs.

Wie sagt man so schön, wenn man vom Teufel spricht, oder an ihn denkt, taucht er auf. So war es auch auf dem Weg zur Wohnung des Fischkopfes. Auf der Höhe des großen Parkplatzes, wo die Autos der Bewohner der Ferienanlage, auch Toms Audi A3, geparkt waren, schlich der Wicht umher.

Er schien etwas zu suchen, denn sein Blick richtete sich auf den Boden.

»Ja hallo Felix, suchst du was?«

»Ach, ihr beide! Frag doch nicht so blöd, Tom, das siehst du doch!«

»Kann das vielleicht sein, dass du das hier suchst?«, fragte Susi und zeigte ihm seine Geldbörse.

»Woher hast du die?«

160

»Jetzt mal ganz ruhig, die hast du in der Cocktailbar verloren. Silvi hat sie uns gegeben.«

»Gib sie mir!«

»Ja klar, gleich bekommst du sie. Aber vorher müssen wir uns noch über den Finderlohn unterhalten«, warf Tom ein. »Eine Sache würde mich schon interessieren. Wie kommt es, dass ich meine Visa in deiner Geldbörse finde? Das musst du mir jetzt mal erklären, ansonsten bekommst du deine Brieftasche nicht zurück!«

»Ich kann mir das nicht erklären, das muss ein Versehen gewesen sein.«

»Ach, das ist ja interessant. Susi, hast du das gehört, unser Freund hat aus Versehen meine Karte eingesteckt.«

»Ja, ich finde es auch eigenartig, Schatz, ich glaube, wir müssen ihm ein wenig helfen, dass er sich wieder erinnert.«

»Das finde ich auch. Es ist schon eigenartig, wie sich die Zufälle heute aneinanderreihen. Rein aus Versehen warst du vermutlich auch an meinem Safe, den ich vergessen hatte, abzuschließen. Bevor du das leugnest, wir haben Spuren gefunden, denn rein zufällig hast du ja eine Flasche Limonade umgestoßen und warst dann noch zu faul und vor allem zu blöd, die Spuren zu beseitigen. Falls du jetzt noch versuchst, deine Tat zu verschleiern, es ist bereits zu spät, ich hab bereits einige Beweisfotos sowohl von der Spur als auch von deiner Sandale gemacht, welche ebenfalls Spuren von der Limo enthielt.«

»Was hast du in meinem Zimmer zu suchen?«, brüllte Felix nun los.

»Was hast du an meinem Safe zu suchen?!«, konterte Tom.

»Ja, wie soll ich sagen, ich brauchte Geld und ich konnte dich ja nicht fragen, ob du mir was leihst, da du ja den ganzen Tag weg warst.«

»So, du brauchtest also Geld, obwohl du noch so circa dreihundert Euro in bar dabeihast, das ist schon eigenartig. Und das Geld wolltest du in Restaurants und Bars abheben, oder wie seh ich das? Am Bankautomaten hättest du jedenfalls nichts bekommen. Um abheben zu können, benötigt man eine Geheimzahl, die du jedoch nicht hast. Das Bezahlen ist jedoch nur mit Unterschrift möglich.«

»Wie kommst du drauf, dass ich heute in Lokalen war?«

»Tja, das tut mir leid für dich, aber wir haben eine Zeugin, die bestätigt hat, dass du heute sehr spendabel warst und die gesamte Klasse, ausgenommen derer, die Charakter hatten und sich nicht einladen ließen, auf ein Getränk ihrer Wahl eingeladen, sogar gleich mehrere Runde ausgegeben hast. Hast du geerbt, ober woher hast du plötzlich so viel Geld?«

»Na ja, ich wollte halt mal nett sein und auch

mal was springen lassen, wie es üblich ist.«

»So, bei mir geizt du wegen jedem Cent, den du bezahlen sollst, herum und da hast du es plötzlich im Überfluss. Noch etwas ist eigenartig. Unsere Zeugin hat gesehen, dass du die Getränke mit einer Kreditkarte bezahlt hast, obwohl du doch keine hast. War es das, wofür du dringend Geld gebraucht hättest?«

Felix wurde blass.

»Jetzt gib es schon zu, verdammt noch mal! Du hast mir meine Karte gestohlen und mich so um circa zweihundert Euro geprellt.«

»Das ist überhaupt nicht wahr! Gut, ich hatte die Karte in der Hand, aber hab sie dann nicht benutzt.«

»So, und wieso existieren dann Belege, die quittieren, dass du mit VISA bezahlt hast?«

In diesem Moment wollte Felix weglaufen, Tom aber packte ihn am Kragen.

»Hiergeblieben, mein Freund, wir wollen uns doch noch ordentlich verabschieden. Für umgerechnet hundertfünfzig Euro hast du Getränke ausgegeben und hast dann noch die Frechheit, mir ins Gesicht zu lügen.«

Tom ballte seine Faust und wollte dem Fischkopf ins Gesicht schlagen. Susi bremste ihn jedoch wieder.

»Schatz, mach dir doch nicht die Finger schmutzig, Felix soll dir den Schaden bezahlen und die Sache ist okay.«

»Gute Idee, dann nehm ich gleich einmal zweihundert Euro, da du, wie es scheint, heute Mittag auch schon auf meine Kosten schön essen warst, im Bayerischen Bierhaus, diesem niveaulosen Touri-Biergarten am Eck. Zwei Schweinshaxen hast du gefuttert, nicht schlecht, dazu drei Pepsi und ein Eis zum Frühstück. Du hast es heut ja echt krachen lassen. Ist das nicht eigenartig? Du hättest die freie Wahl gehabt, Restaurants vom Feinsten, sogar Hummer hättest du auf meine Kosten essen können und was machst du? Du gehst ins Bayerische Bierhaus, das ist irgendwie schon wieder lustig. Ach ja, Armin hat dich übrigens auch beobachtet, wie du das Lokal verlassen hast und dann ziemlich orientierungslos umhergeirrt ist. Er sagte, er musste dir den Weg zurück zum Quartier zeigen, wir haben ihn vorhin ebenfalls am Brunnen getroffen.«

Nun rastete Felix so richtig aus.

»So, Tom, das hättest du besser nicht gemacht, bei mir gibt es keine Selbstbedienung!«

Mit diesen Worten rannte er auf Toms Wagen zu, zog sein Taschenmesser und versah die linke hintere Tür mit einem langen, tiefen Kratzer.

»So, dann nehmen wir doch gleich noch einmal hundert Euro als Anzahlung für die Reparatur. Mehr finde ich leider im Moment nicht in deiner Geldbörse, aber du kannst den Rest dann zu Hause bezahlen. Ich hab ja deine Adresse, die Rechnung bekommst du per Post.«

»Träum weiter, Tom, keinen Cent bekommst du.«

»Na, das werden wir ja sehen. Ach ja, bevor ich es vergesse, ich schlafe heute und morgen bei Susi, meine Sachen habe ich auch schon geholt. Meinen Schlüssel für das Appartement gebe ich persönlich ab – dass ich dir nicht vertrauen kann, hast du ja heute bewiesen. Hier ist deine Brieftasche. Nun schlaf gut, mein Freund! – Ach Susi, du hast dich ja noch gar nicht bei unserem Freund bedankt. Zeig ihm doch mal deine Hand.«

Susi zeigte ihm die eingebundene Hand. Der Fischkopf stritt ebenfalls ab, die Kopfkissen präpariert zu haben.

Zur Verabschiedung spuckte Felix Tom ins Gesicht. Eigentlich hätte ihn das aggressiv gemacht, da er jedoch schon hatte, was er wollte, ließ er sich nicht mehr provozieren. Er wischte sich ab, nahm seine geliebte Susi in den Arm und ging mit ihr nach Hause, um sein Gesicht gründlich zu waschen und nach diesem stressigen Zwischenfall am Abend endlich Ruhe zu finden …

Letzter Tag

Ein aufregender Abend hat einen Nebeneffekt, er macht ziemlich fertig. So kam es, dass das junge Paar noch immer im Bett lag, als es bereits später Vormittag war.

»Schatz, ist alles okay? Du bist ja richtig blass, bist du krank?«

»Irgendwie gehts mir heut gar nicht gut, hab ziemlich starke Kopfschmerzen und zudem heftige Kreislaufprobleme.«

»Du Ärmster, aber dir wird es bald wieder besser gehen.«

Susi beugte sich über Tom und küsste ihn auf die Stirn, dann auf den Mund, dann abwärts Stück für Stück am ganzen Körper. Auch wenn er es sehr zu genießen schien, brachten diese Küsse leider nicht den gewünschten Effekt.

»Ich versteh nicht, warum es mir heut so schlecht geht, es war doch so ein schöner Tag gestern.«

»Das war nur die Aufregung mit dem Felix, erst gestern Morgen, dann abends, klar, das war einfach alles zu viel für dich, da würde es mir genauso gehen. Ich könnte diesen Trottel umbringen, dass er so gemein zu uns ist.«

»Es tut mir leid, dass ich dir den letzten Tag versau.«

»Bist du still? Du versaust mir gar nichts, wenn uns jemand etwas versaut, dann ist das unser Freund, der Fischkopf. Ich will nur bei dir sein, das ist mir das Wichtigste, bis zum Ende meines Lebens, und für mich ist es die Hauptsache, wenn es dir bald wieder gut geht. Das mit uns geht doch jetzt erst los und wir sind noch so jung. Glaub mir, wir werden noch viele und viel schönere Urlaube zusammen verbringen, da kommt es doch nicht auf einen Tag an. Wir können heut auch noch eine ganze Weile im Bett bleiben, wir verpassen doch nix, und falls es dir später wieder besser geht, können wir ja immer noch was unternehmen! Das Wetter is heute eh nicht so toll, hab vorhin aus dem Badfenster rausgesehen. Ziemlich bewölkt ist es, es kann jeden Moment regnen. Hörst du? Es regnet auch bereits, und wie, also kein Stress!«

»Wie soll ich morgen heimfahren, wenn es nicht besser wird?«

»Ich hab doch auch einen Führerschein, fahr eh viel lieber mit dir als mit Silvi zurück und die Mädels sind doch eh froh, mehr Platz zu haben. Der Fischkopf muss dann eben hinten sitzen und den Mund halten, wenn er wieder bei uns mitfährt, also bitte mach dich jetzt nicht unnötig verrückt, wir kriegen das alles hin.«

»Hab ich dir schon mal gesagt, wie glücklich ich bin, dass wir hier zusammengekommen sind?«

»Das hast du, aber ich bin noch viel glücklicher mit dir, glaub mir! Komm, entspann dich, leg dich auf den Bauch, du bekommst jetzt eine ausführliche Massage, dann geht's dir bald wieder gut.«

Gegen fünfzehn Uhr klingelte es plötzlich an der Tür.

»Oh nein, jetzt kriegen wir auch noch Besuch.«

»Wir müssen uns schnell was überziehen, nicht, dass wir wieder so ein Malheur erleben wie gestern.«

Tom öffnete, obwohl er immer noch wackelig auf den Beinen war, die Tür und traute seinen Augen nicht. Draußen standen Herr Fischhauser und der Fischkopf.

»Ah, hier find ich Sie also, Herr Niederhuber!«

»Herr Fischhauser, erstens sagt man zunächst einmal Guten Tag und außerdem, was wollen Sie hier?«

»Ach, das fragen Sie sich noch? Mein Sohn hat mich gestern morgen so gegen acht Uhr total verzweifelt angerufen und mir erzählt, was so die letzten Tage vorgefallen ist. Ich muss sagen, ich bin sehr enttäuscht von Ihnen. So viel Unverschämtheit hätte ich nicht einmal Ihnen zugetraut, erst lassen Sie Felix die meiste Zeit des Tages allein, er muss also die meiste Zeit teilnahmslos in der Wohnung zubringen, und dann schleppen Sie noch irgendwelche Frauen in das Appartement, mit denen Sie Sex haben und somit die Nachtruhe meines Sohnes stören, so geht das nicht, schämen Sie sich! – Und noch etwas: Wir werden Sie anzeigen, dem Felix einfach so mal dreihundert Euro aus der Brieftasche zu entnehmen, das ist Diebstahl! Und da wundern Sie sich noch, dass ich heute vor der Tür stehe?«

Herr Fischhauser ließ Tom nicht zu Wort kommen.

»Ehrlich gesagt bin ich nicht nach Rovinj gekommen, weil ich hier Urlaub machen will. In meinem Alter ist das keineswegs eine Vergnügungsreise, die weite Fahrt, aber ich kann es meinem Sohn nicht mehr zumuten, dass er mit Ihnen im Auto bis nach Hause mitfahren muss, nachdem Sie, wie es mir der Felix berichtet hat, noch dazu fahren wie ein Henker.«

»So, Herr Fischhauser, dann hören Sie mir mal zu, was ich Ihnen zu Ihren Vorwürfen zu sagen habe. Sie entschuldigen, dass ich mich setze, mir geht es heute gesundheitlich nicht gut und ich kann deshalb nicht so lange stehen. Also erstens geht es Sie gar nichts an, was ich in meinem Zimmer mache. Ich bin mit Frau Weindl zusammen, sie ist meine feste Freundin. Wenn ich sie in meinem Zimmer übernachten lasse, dann ist das allein meine Sache, wir waren ja nur in meinem Bereich und nicht beim Felix. Ich sag Ihnen eins, dass Ihr Junge vielleicht kein Glück in der Liebe hat, dafür kann er nichts und da beneide ich ihn auch nicht drum, aber dass er uns unser Liebesglück nicht gönnt, uns, die wir beide ursprünglich vollstes Verständnis für seine Situation hatten, bevor er uns sein wahres Gesicht gezeigt hat, finde ich zudem ziemlich unverschämt von ihm. Mehr noch, er nimmt sich noch das Recht heraus, meine Freundin in meiner Gegenwart auf das Übelste zu beleidigen!«

Tom atmete tief durch. »Und nun zu Ihrem Vorwurf, ich hätte mich zu wenig um ihn gekümmert: Ihr werter Sohn war jeden Tag absolut lustlos. Ich habe vergebens versucht, ihn ein wenig zu animieren, sowohl tagsüber an den Strand als auch zum abendlichen Treffpunkt mitzukommen, aber er meinte ja stets, er hätte keine Lust auf unsere Treffen, würde lieber zu Hause bleiben und was soll ich dann machen? Sie müssen schon verstehen, dass wir hier im Urlaub sind und nicht auf einer Pflichtreise. Ihr Sohn ist freiwillig mitgekommen und ich bin meiner Pflicht, soweit man von einer Pflicht sprechen kann, im vollsten Umfang nachgekommen, indem ich ihn im Auto mitgenommen und mit ihm das Zimmer geteilt habe. Das Beste kommt aber jetzt: Ihr Sohn hat mich auf das Übelste belogen. Er hat mir eine Lüge aufgetischt, welche meine jetzige Freundin betrifft, und hat mir so drei komplette Tage versaut, ich weiß nicht, ob er Ihnen das auch erzählt hat.«

»Ja, hat er, aber er hat mir erzählt, dass das eine reine Notlüge war, weil Sie ja nur noch hinter dieser Frau her waren und sich gar nicht mehr um ihn gekümmert haben«, entgegnete Herr Fischhauser.

Jetzt wurde Susi, die sich schnell ihren Trainingsanzug übergezogen und dabei im Nebenzimmer dem Gespräch gelauscht hatte, richtig zornig. Sie rannte in das andere Zimmer, um ebenfalls den Vorwürfen von Felix´ Vater entgegenzutreten.

»Also das ist doch die Höhe! Mein Freund war letzten Tage schon total schlapp und bedrückt, das hat man ihm so richtig angesehen – und das nur, weil ihm Ihr toller Sohn eben das Leben schwer gemacht hatte, von den Erlebnissen gestern möchte ich noch gar nicht sprechen. Mich hat er als Schlampe beschimpft, hat er Ihnen das auch erzählt?«

»Tja, wenn Sie nackt in der Wohnung herumlaufen, was kann man da anderes von Ihnen sagen?!«

»Wie bitte? Das war ein Versehen! Sie finden das also auch noch in Ordnung, dass Ihr verzogener Bubi mich derart beleidigt, eine der schlimmsten Beleidigungen für eine Frau? Toll, da kann ich Sie ja nur beglückwünschen! Und noch etwas, Tom geht es heute den ganzen Tag schon, wie Sie sehen, gesundheitlich ziemlich schlecht, sodass wir noch gar nicht wissen, ob wir morgen wie geplant nach Hause fahren können – und das nur, weil er sich gestern Abend, als wir vom Essen nach Hause kamen und Felix auf der Höhe des Parkplatzes angetroffen haben, extrem über ihn aufregen musste. Ehrlich gesagt kann ich das sehr gut verstehen, ich war ja dabei. Das war im höchsten Maße kriminell, was Ihr Sohn sich da geleistet hat – meinem Freund einfach mal die Kreditkarte zu stehlen und sich zweihundert Euro einzuverleiben, davon hundertfünfzig Euro in der Cocktailbar!«

»Mein Sohn hat Ihrem Freund mit Sicherheit keine Kreditkarte gestohlen und diese schon gar nicht benutzt, so etwas macht er nicht, dafür kenn ich ihn einfach zu gut«, schäumte Herr Fischhauser. »*Sie* haben *ihm* Geld aus der Brieftasche gestohlen!

»Ach ja?«, entgegnete Tom. »An Ihrer Stelle wär ich mir da nicht so sicher, dass Sie Ihren Sohn gut kennen. Zu Ihrem Vorwurf, ich hätte Ihrem Sohn Geld gestohlen, kann ich nur sagen, dass Sie recht haben. Ich habe ihm das Geld aus der Brieftasche entnommen – aber erstens hab ich das in seiner Anwesenheit getan und ihm das auch gezeigt und außerdem handelt es sich bei diesem Betrag lediglich um eine Entschädigung für einen finanziellen Schaden, den er mir, wie es Ihnen meine Freundin eben schon erläuterte, zugefügt hat. Schaun Sie sich das mal an!«

Tom zeigte Herrn Fischhauser die Belege, die Felix in der Bar liegengelassen hatte.

»Was ist das?«, fragte Herr Fischhauser.

»Das sind Belege vom gestrigen Abend. Ihr Sohn hat gestern, als ich mit meiner Freundin essen war, eine großzügige Lokalrunde gegeben und die gesamte Clique eingeladen. Hier, sehn Sie sich das an, für umgerechnet circa hundertfünfzig Euro hat Felix Getränke ausgegeben, und das mit meiner Kreditkarte, sehen Sie? Auf dem Beleg sind auch Datum und Uhrzeit der Transaktion sowie die Kartennummer ersichtlich, es gibt noch dazu Zeugen, die gesehen haben, dass er mit einer Kreditkarte bezahlt hat, obwohl er selbst doch gar keine hat, ist das nicht seltsam? Wir können es nicht gewesen sein, denn wir waren zur gleichen Zeit im Restaurant Marin und haben ebenfalls einen Beleg, hier, bitte. Das ist der Vorteil, dass hier in Kroatien alles ordentlich quittiert wird.«

»Und wie bitteschön ist er dann an Ihre Karte gekommen?«

»Gestern Vormittag, als ich mit meiner Freundin unterwegs war, hat er sie aus meinem Safe geholt, den ich versehentlich offen gelassen hatte, was mir normalerweise nie passiert. Dummerweise hat er dabei aber Spuren hinterlassen. Wir konnten sie sichern. Tja, und dann haben wir noch dazu in unseren Kopfkissen Sicherheitsnadeln gefunden. Ich nehme an, die hat Felix dort versteckt, damit wir uns ordentlich daran verletzen und er sich im Nebenzimmer über unsere Schmerzensschreie köstlich amüsieren kann. Jetzt frage ich Sie: Kennen Sie Ihren Sohn wirklich so gut?«

Da Herr Fischhauser nun seinem Namen alle Ehre machte und wie ein Fisch an Land nach Luft schnappte, ohne ein Wort herauszubringen, wandte sich Tom nun an Felix:

»Ich hoffe schon, dass du dir bewusst bist, welche Folgen ein derartiger Streich haben kann? Wir hätten uns wirklich ernsthaft verletzen können. Wenn es blöd gelaufen wäre, hätten wir uns sogar die Augen ausstechen können, aber das wäre anscheinend alles in deinem Sinne gewesen, du musst uns schon sehr gerne mögen.«

»So ein Blödsinn, was halten Sie denn von uns, wir sind doch keine Verbrecher!«, entgegnete der alte Fischhauser, der seine Sprache wiedergefunden hatte.

»Scheinbar schon«, erwiderte Tom und wandte sich wieder Felix zu:

»An deiner Stelle würde ich die Sache nicht mehr leugnen, du machst es nur noch schlimmer.«

Felix, der während des gesamten Streitgesprächs schweigend dabeigestanden hatte, wurde plötzlich extrem unruhig, man konnte ihm seine Nervosität deutlich ansehen.

»Ja, Papa, das stimmt, ich hab mir die Karte geholt und damit die anderen eingeladen.«

»Na also, geht doch, war doch ganz kurz und schmerzlos. Hättest du das gestern Abend schon zugegeben, hättest du uns eine Menge Ärger erspart!«

»Darüber reden wir noch!«, sagte der alte Fischhauser nun zornig zu Felix. »Was ich aber dennoch nicht verstehe«, er schaute wieder Tom an, »warum haben Sie meinem Sohn denn dann dreihundert Euro abgenommen? Der Schaden beträgt doch höchstens zweihundert Euro, wenn man die fünfzig Euro für das Mittagessen und sonstige Kleinigkeiten, welche er scheinbar auch mit Ihrer Karte bezahlt hat, dazurechnet.«

»Das kann ich Ihnen gerne zeigen, kommen Sie mal mit auf den Parkplatz.«

Tom, der noch immer wackelig auf den Beinen war, ging, begleitet von Susi, Herrn Fischhauser und Felix, zum Parkplatz, wo sein schwarzer Audi A3 abgestellt war.

»Schauen Sie sich nur einmal den langen Kratzer hier an. Diesen Kratzer hat uns Felix gestern Abend, als wir ihn auf dem Rückweg von der Bar zufällig antrafen und zur Rede stellten, mutwillig mit seinem Taschenmesser zugefügt, da er sich dafür rächen wollte, dass wir ihn verdächtigt hatten – zu Recht, wie sich ja heute herausstellte.«

»Das stimmt, Herr Fischhauser. Ich kann es bezeugen, ich war ja dabei«, sagte Susi.

»Aus diesem Grund hab ich mir als Anzahlung für die Schadensbehebung sozusagen zusätzlich hundert Euro entnommen.«

Nun sah er Alte seinen Sohn noch zorniger an, man hatte den Eindruck, er hätte seinen Schützling in diesem Moment am liebsten erschlagen.

»Seien Sie doch vernünftig, Herr Fischhauser! Ich brauche Ihnen wahrscheinlich nicht erzählen, dass es sich bei den beiden Ausrutschern, die sich Felix gestern geleistet hat, um keine Kavaliersdelikte handelt. Allein auf den Kreditkartenmissbrauch steht mindestens eine saftige Geldstrafe. Wenn man dann noch den Tatbestand der Sachbeschädigung dazurechnet, wird es in jedem Fall sehr unangenehm für Ihren Sohn, ich würde sagen, ein Lehramtsstudium, wie er es ja plant, braucht er im Falle einer rechtskräftigen Verurteilung nicht mehr beginnen, da er beim Staat mit diesen Vorbelastungen niemals Arbeit fände, geschweige denn verbeamtet würde. Wenn wir uns

jetzt nicht einigen und Sie weiter darauf bestehen, uns anzuzeigen, sehe ich mich leider auch
gezwungen, die Vorfälle von gestern zur Anzeige
zu bringen. Ich hab einen sehr guten Anwalt, den
ich nur anrufen muss.«

»Und wie sollen wir uns dann Ihrer Meinung
nach einigen?«

»Geben Sie mir einfach weitere vierhundert
Euro in bar. Ich will nichts weiter von Ihnen, als
dass Sie mir meine Schäden begleichen, das Geld
für den Kreditkartenmissbrauch hab ich ja bereits
bekommen und der Rest ist für die fällige Autore-
paratur. Einen Kratzer in dieser Größenordnung
lackieren zu lassen ist ziemlich teuer, da kommen
Sie sowieso noch sehr günstig weg. Von einem
Schadensersatz für den Schaden, den mir Felix
beim unachtsamen Beladen des Kofferraums zugefügt hat, will ich ebenfalls absehen, so etwas
kann passieren.«

Herr Fischhauser nahm murrend seine Geldbörse zur Hand, zählte die Scheine ab und gab sie
Tom in die Hand.

»Nun bin ich blank, ich hoffe, ich kann hier
irgendwo abheben«, raunte er.

Nachdem Tom die Summe nachgeprüft hat-
te, reichte er Herrn Fischhauser sowie Felix seine
Hand, um sich zu verabschieden. Beide lehnten
jedoch ab.

»Glauben Sie nicht, dass Sie nun in meiner

Gunst gestiegen sind, das vergesse ich Ihnen nie, wie schäbig Sie meinen Sohn dennoch die ganze Woche über behandelt haben, sodass er sich eben zu diesen Taten ermutigt fühlte. So etwas wie Sie beide gehört vernichtet!«

»Wenn Sie meinen. Ich wünsche Ihnen eine gute Heimreise! Ach, und passen Sie bei der Ausreise an den Grenzen auf, der Personalausweis von Felix ist abgelaufen. Dass uns die Grenzer bei der Anreise durchgelassen haben, war reines Glück, wenn sie sich die Ausweise angesehen hätten, wär Felix jetzt nicht hier, das wollte ich Ihnen nur noch sagen.«

»Machen Sie sich keine Sorgen, Sie Flegel, wir kommen auch ohne Ihre Ratschläge ganz gut klar! Komm, Felix, holen wir deine Sachen. Ich habe ganz in der Nähe ein Doppelzimmer in einem Hotel gemietet, morgen reisen wir ab.«

Der alte Fischhauser wartete in seinem alten, klapprigen grünen Fiat. Felix holte sein Gepäck, wozu er aufgrund der Menge dreimal laufen musste, und endlich fuhren sie ab.

Tom und Susi standen Arm in Arm auf dem Parkplatz und sahen vergnügt zu, wie sich das Auto entfernte. Auch der Regen hatte mittlerweile aufgehört und die Sonne kam wieder hervor.

»So, Schatz, die sind wir los, nun sind wir endlich frei.«

»Das stimmt, mein Bär«, erwiderte Susi mit

ihrem strahlenden, natürlichen Lächeln, wofür Tom sie unter anderem so liebte.

»Das war ja voll cool, wie du mit dem alten Fischhauser verhandelt hast, Respekt, bin echt beeindruckt, ich hätte das nie so hinbekommen! Der nervt dich nie wieder! Willst du nicht lieber Jura studieren? Ich glaube, dass du echt Talent hättest.«

»Ich weiß nicht, irgendwie interessiert mich das nicht so, aber mal sehen.«

»Wie gehts dir denn jetzt? Deine Gesichtsfarbe gefällt mir schon viel besser, ich glaube, du erholst dich jetzt langsam, nachdem jetzt diese gewaltige Last von dir abgefallen ist.«

»Ja, Susimaus, es geht mir auch wirklich schon viel besser. Am besten, wir legen wir uns jetzt noch eine Stunde hin, machen dann einen ausführlichen Spaziergang und essen irgendwo eine Kleinigkeit, langsam hab ich auch wieder Appetit!«

»Das freut mich, mein Bär, ja, das machen wir!«

Aufbruch zu neuen Ufern

Dass eine Woche sehr schnell vergehen kann, besonders wenn sie etwas turbulenter verläuft, ist allseits bekannt. Auch unser junges Paar musste dies erfahren. Etwas wehmütig waren sie nun an diesem Dienstagmorgen dabei, ihre Taschen zu packen und Abschied zu nehmen. Als schließlich alles verpackt war, saßen sie auf der Terrasse und tranken eine letzte Tasse Kaffee.

»Ich finde das echt so schade, dass wir wieder nach Hause müssen. Ich wäre so gern noch ein paar Tage mit dir zusammen hiergeblieben, gerade jetzt, wo es dir wieder gut geht, nachdem die ganze Aufregung überstanden ist«, sagte Susi wehmütig und drückte sich an Toms Brust.

»Mir geht es genauso, so schwer ist es mir in meinem ganzen Leben noch nicht gefallen, nach einem Urlaub nach Hause fahren zu müssen.«

»Geht es dir auch wirklich wieder richtig gut, glaubst du, dass du fahren kannst?«

»Das geht schon wieder, Schatz.«

»Gut, ich bin ja dabei: Wenn du merkst, dass es doch noch nicht so gut geht, sagst du einfach Bescheid und ich lös dich ab.«

»Eigentlich ist es ein absoluter Blödsinn, dass wir nur wegen einer Woche hierher gefahren sind, zu Hause sitz ich eh nur allein in unserem Haus, da meine Eltern noch im Urlaub an der Ostsee sind. Unsere Prüfungsergebnisse bekommen wir ja auch erst in zweieinhalb Wochen. Wie ist es bei dir, Schatz?«

»Bei mir ist es genauso blöd, meine Eltern sind in der Steiermark bei meinen Großeltern, ich bin auch allein zu Hause, wenn wir ankommen«, antwortete Susi.

»Eigentlich würde ich gern noch was anderes mit dir machen.«

»Ginge das?«, fragte Susi.

»Ich weiß nicht, aber die Hauptsache ist doch, dass wir uns gefunden haben und zusammenbleiben, dass das nicht nur eine Urlaubsaffäre ist.«

»Da hast du absolut recht, Schatz, ich bin so glücklich. Gut, ich muss schon noch einmal kurz nach Hause, wenn wir ankommen, weil ich einmal kurz nach dem Rechten sehen und meine Wäsche waschen muss, aber wenn du willst, komm ich morgen zu dir, oder du zu mir, und wir verbringen zusammen noch ein paar nette, ungestörte Tage, bevor unsere Familien wieder zurückkommen. Was hältst du davon?«

»Das klingt sehr gut, da wäre ich absolut dafür, aber ich weiß unter Umständen etwas noch viel Besseres. Du entschuldigst mich kurz, ich muss mal mit meinen Eltern telefonieren.«

»Ja, mach das, aber bitte nicht zu lange, ich will noch ein wenig mit dir die Stimmung hier auf der Terrasse genießen, bevor wir aufbrechen müssen.«

Tom gab Susi noch schnell einen Kuss und verschwand im Wohnzimmer. Nach fünfzehn Minuten kam er zurück auf die Terrasse.

»Schönen Gruß von meinen Eltern und sie freuen sich schon riesig darauf, dich kennenzulernen!«

»Danke, Schatz, ich kann es ehrlich gesagt auch kaum erwarten, deine Eltern und deine Geschwister kennenzulernen. Wirklich viel hast du mir von deiner Familie noch gar nicht erzählt, musst du aber schon noch, das interessiert mich schon, in welche Familie ich da geraten bin«, sagte Susi lachend.

»Ach, die sind ganz lieb, glaub mir, die werden dich mögen.«

»Aber was habt ihr denn sonst so lange besprochen? Du telefonierst doch sonst nicht so lange.«

»Tja, ich musste einiges klären. Ich bin so froh, dass mein Vater so verständnisvoll wegen dem Malheur mit seiner Kreditkarte war. Er meinte, dass das nicht so schlimm wäre, dass das schon mal passieren könne, dass man den Safe nicht abschließt, sei ihm auch schon passiert, und dass ich absolut richtig reagiert habe, indem ich dem Fischkopf das Geld gleich in bar abgenommen habe. Ich habe auch noch eine kleine Überraschung für dich, aber die verrate ich jetzt noch nicht.«

Gegen zehn Uhr klingelte es an der Tür, diesmal machte Susi auf. Es war Armin.

»Guten Morgen, ihr zwei Hübschen, wie geht´s euch?«

»Guten Morgen, Armin, Danke, so weit ganz gut, sind halt ein wenig traurig, dass wir heut abreisen müssen.«

»Das geht den meisten von uns nicht anders. Warum ich hier bin: Unser Chef Lothar will sich mit uns noch einmal in der Cavana Plaza zu einem kleinen Abschied treffen, bevor wir gemeinsam aufbrechen, dieser Wichtigtuer. Kommt ihr auch? Wenn nicht, geh ich nämlich auch nicht hin, sondern mach lieber noch was für mich vor der Abfahrt.«

»Ja, wir kommen schon. So gegen elf?«

»Das wäre perfekt, also bis später. Ihr seid wirklich ein tolles Paar, muss ich jetzt schon mal sagen!«

»Danke, Armin!«

Nachdem die beiden das Auto beladen, noch einmal kontrolliert und die Schlüssel abgegeben hatten, machten sie sich also noch einmal auf den Weg in die Stadt zum vereinbarten Treffpunkt, um noch einmal kurz Abschied zu feiern und dann die Heimreise anzutreten. Tom und Susi saßen sich an einem kleinen runden Tisch gegenüber und Tom strich Susi zärtlich über ihre Hand. Lothar, der Organisator der Reise, der es immer sehr wichtig hatte, ließ es sich nicht nehmen, eine kleine Ansprache zu halten.

»Liebe Freunde, wir blicken auf eine tolle Woche zurück, die wir hier gemeinsam verbracht haben. Das Wetter war wirklich traumhaft und wir hatten, glaub ich, alle unseren Spaß. Es gibt so einiges Erfreuliches, was sich während unseres Aufenthaltes ereignet hat, eines aber freut mich ganz besonders. Die meisten von euch müssten es ja bereits mitbekommen haben, für die, die es noch nicht wissen, unter uns hat sich ein Pärchen gefunden, Tom und Susi. Lieber Susi, lieber Tom, es freut mich ganz besonders, dass ihr euch hier in dieser traumhaften Umgebung gefunden habt, ich glaube, dass ihr diesen Urlaub niemals vergessen werdet. Ich wünsche euch für eure gemeinsame Zukunft alles Gute und bleibt so, wie ihr seid!«

Es folgte ein Klatschen aller Reiseteilnehmer.

»Leider wurden die letzten Tage auch von weniger schönen Vorfällen überschattet, für welche einer unserer Mitschüler verantwortlich war, dessen Namen ich jetzt nicht nennen möchte, auch wenn vermutlich jeder weiß, wer gemeint ist. Zusammen mit seinem Vater hat er bereits vor zwei Stunden die Rückreise angetreten, ich habe die beiden heute Morgen getroffen, als sie abreisten. Lieber Tom, im Namen der gesamten Gruppe möchte ich mich bei dir für die Unannehmlichkeiten, die du und Susi aufgrund dieser Vorfälle hattet, aufrichtig entschuldigen. Hätte ich geahnt, was passieren würde, hätte ich dich niemals gebeten, dir mit der besagten Person ein Appartement zu teilen. Die Gruppe hat beschlossen, dir wenigstens den finanziellen Schaden zu erstatten, der dir durch unsere Dummheit, uns vorgestern einladen zu lassen, was ja weniger zu unserem Wohl als vielmehr zu deinem Schaden gedacht war, entstanden ist. Aus diesem Grund haben wir gesammelt und möchten dir hiermit hundertfünfzig Euro übergeben. Auch wenn du, wie ich gehört habe, die Angelegenheit bereits geregelt hast, so betrachte dies einfach als Geschenk zur Wiedergutmachung und als Entschädigung für die Unannehmlichkeiten, die du hattest.«

Natürlich war nun auch Tom gezwungen, ein paar Worte zu sagen.

»Liebe Freunde, mir fehlen die Worte. Ich kann in diesem Moment nichts tun, als euch zu danken, sowohl für eure Aufrichtigkeit als auch für eure Solidarität.«

Wieder folgte allgemeines Klatschen.

»Danke, Tom! So, nun hab ich aber auch genug geredet, ich möchte nun mit euch das Glas erheben, um sowohl auf die vergangenen Tage als auch auf eine gute Heimreise anzustoßen, Prost!«

Nun wurden alle Gläser gehoben und eifrig angestoßen. Da unter den Anwesenden viele Fahrer waren, stießen diese diesmal nicht mit Alkohol, sondern mit alkoholfreien Getränken an.

»Susi, entschuldigst du mich kurz, ich muss mal mit Lothar sprechen, dauert nicht lange.«

»Ja gut, ich versteh zwar nicht, warum du heute so unruhig bist, aber mach ruhig, bis gleich«, sagte Susi mit einem ehrlich gemeinten, süßen Lächeln.

Tom stand kurz gemeinsam mit Lothar etwas abseits und man sah nur, wie die beiden lachten, Lothar nickte und Tom die Hand reichte. Nun verabschiedete er sich auch von Armin, er umarmte ihn kurz als Geste eines freundschaftlichen Abschiedes. Nach circa fünf Minuten kehrte Tom auch schon wieder an seinen Platz zurück.

»Das ging jetzt aber wirklich fix«, lobte Susi ihren Schatz.

»Tja, bei uns Männern ist das so, wir können uns auch schnell einigen«, entgegnete Tom lächelnd.

»Na ja, nicht alles, aber du hast recht, vieles schon, mein Bär«, erwiderte Susi und küsste ihren Freund auf den Mund.

Nun kam die Stunde des Aufbruchs. Die Clique verabschiedete sich voneinander, es wurden noch einige Reiseinformationen ausgetauscht, man wünschte sich gegenseitig eine gute Fahrt und dann stiegen alle in ihre Autos, welche sie auf dem großen Parkplatz direkt gegenüber der Cavana abgestellt hatten. Nun saßen auch Tom und Susi im Auto, es folgte ein Moment kurzer Stille, in dem die beiden beobachteten, wie alle abreisten.

»Was ist, fährst du nicht hinterher, hast du hier noch etwas anderes vor?«

»Jetzt ist Zeit für deine Überraschung, die uns beide betrifft.«

»Komm, mach es nicht so spannend, was ist es denn?«

»Zunächst wollte ich dich fragen, ob du die kommende Woche irgendwas vorhast, ob du unbedingt zu Hause sein musst.«

»Nein, überhaupt nicht, ganz im Gegenteil. Deshalb finde ich es ja so schade, dass wir jetzt nach Hause müssen, wo ich jetzt schon weiß, dass ich allein zu Hause sitze, außer ich bin bei dir oder du bei mir. Klar sollte ich zwar ein wenig auf das Haus schauen, wenn ich wieder zurück bin, aber so tragisch ist das nicht, wenn ich die Woche über nicht zu Hause bin. Das haben meine Eltern auch bereits im Vorfeld gesagt, als sie nicht wussten, ob wir eine, oder zwei Wochen ausbleiben.«

»Dann halt dich mal fest! Ich hab vorhin mit

meinem Vater gesprochen, mir grünes Licht geben lassen, deshalb hat es auch etwas länger gedauert. Ich würde sagen, dass wir heute noch nicht nach Hause fahren, sondern in unsere Ferienwohnung in Dalmatien an der Makarska Riviera, wo wir zusammen noch eine Woche bleiben. Aber natürlich nur, wenn du das auch willst. In gut fünf Stunden sind wir am Ziel. Über die Autobahn ist unser Ziel sehr gut und schnell erreichbar und ich sag es dir, das wird dir gefallen, da unten ist es so schön, dagegen kannst du diese Gegend hier vergessen, obwohl es hier ja auch schön ist. Den Schlüssel für unsere Wohnung hab ich immer dabei, ich hab meinen eigenen, der hängt an meinem Schlüsselbund, Bargeld haben wir ja jetzt auch genug, sodass wir die Fahrtkosten auch problemlos bezahlen können, und in der Wohnung haben wir sowieso alles, was wir brauchen, Küche, Satellitenfernsehen, Klimaanlage, auch eine Waschmaschine und so weiter. Na, was sagst du, Maus?«

»Ich weiß nicht, was ich sagen soll«, antwortete Susi. »Und ob ich will! Das ist wirklich die schönste Überraschung, die mir jemals ein Mensch gemacht hat, danke, Schatz! Ich benachrichtige gleich meine Eltern und sag ihnen, dass ich doch nicht heimkomme, ihnen kann es ja egal sein, sie sind ja eh nicht zu Hause und ich bin erwachsen und kann machen, was ich will. Aber zunächst muss ich dich umarmen.«

Susi warf sich Tom um den Hals, dieser hatte Mühe, dass er sich im Auto keine Verrenkung zuzog. Dann verfielen die beiden wieder in minutenlanges Knutschen.

»Schatz, worauf wartest du, fahr los, wir wollen ja heute noch ankommen!«

Das Auto setzte sich in Bewegung, verließ die Ortschaft Rovinj und folgte den Wegweisern zur Autobahn in Richtung Rijeka – Split. Es war, als hätte der Urlaub gerade erst begonnen. Auf der Autobahn angekommen beschleunigte Tom auf die Reisegeschwindigkeit 140 km/h, drückte den Tempomat und rollte äußerst entspannt auf der fast leeren Fahrbahn in Richtung Süden. Langsam veränderte sich die Landschaft, es wurde hügeliger, man sah felsige Gebirgszüge, welche an eine Wildwestromantik erinnerten und auch als Kulisse für die Winnetoufilme dienten. Die Fahrt führte durch kilometerlange Tunnels, Steppen, in denen es auch Wildtiere wie zum Beispiel Braunbären gab und zu deren Schutz spezielle Naturbrücken über die Fahrbahn angelegt wurden und immer wieder auch entlang der Küste, welche sich im Gegensatz zu Istrien jedoch deutlich veränderte, sie wurde immer wildromantischer. Susi saß extrem entspannt im Auto, sie legte das rechte Bein auf das Armaturenbrett und schien die Fahrt so richtig zu genießen, auch wenn sie normalerweise lange Autofahrten hasste. Neben ihrem luftigen hellblauen Sommerkleid und Flip-Flops trug sie, da sie auf der stundenlangen Fahrt mit Kontaktlinsen Augenprobleme bekommen hätte, ausnahmsweise eine Brille mit schwarzem Rand, welche ihr jedoch sehr gut stand und ihrem Gesicht zusätzlich eine elegante Note verlieh. Man sah ihr an, wie glücklich sie war. Völlig entspannt schrieb sie WhatsApp-Nachrichten auf ihrem Smartphone und las die Antworten.

»Schönen Gruß von meinen Eltern, Schatz, sie können es gar nicht erwarten, dich kennenzulernen. Gleich das erste Wochenende, wenn wir wieder zu Hause sind, sind wir zusammen zum Grillen eingeladen.«

»Das hört sich ja gut an, freu mich, aber sag, wie sind denn deine Eltern so?«

»Machst du dir etwa Sorgen? Keine Angst, das sind auch ganz liebe Leute. Meine Mutter ist sicher sofort begeistert von dir, wenn sie dich das erste Mal sieht. Sie hat einen ziemlich ähnlichen Geschmack wie ich und sieht mir auch äußerlich sehr ähnlich. Für ihr Alter ist sie wirklich immer noch extrem hübsch. Mein Vater stellt dir sofort ein Bier hin, wie ich ihn kenne, du wirst schon sehen, die sind ja jetzt schon total begeistert von dir, nach dem, was ich ihnen von dir erzählt habe. Meine Eltern sind einfach cool, so wie ich, Österreicher eben, und sprechen zudem perfekt österreichischen Dialekt«, witzelte Susi.

»Ach ja, mein Vater hat gesagt, ich soll dich mal schön zum Essen einladen, was ich natürlich sehr gern mache. Er überweist mir noch einmal zweihundert Euro, damit wir für die kommenden Tage auch genug Geld zur Verfügung haben.«

»Mensch, das is ja super!«

»Ich bin so glücklich, Maus, dass du Ja gesagt hast und wir beide nun eine ganze Woche ganz für uns sind, wir müssen auf niemanden Rücksicht nehmen, werden von niemandem belästigt und können tun und lassen, was wir wollen, darauf freue ich mich jetzt so richtig.«

»Ich auch, Bär.«

»In knapp zwei Stunden sind wir am Ziel, die anderen dürften auch bald zu Hause sein.«

»Ist dir eigentlich etwas aufgefallen, Schatz?«

»Ich weiß gerade nicht, was du meinst.«

»Du hast jetzt schon drei Tage keine mehr geraucht und kein einziges Mal danach gefragt, ich bin so stolz auf dich!«

»Du hast recht, und das Beste, ich vermisse es auch nicht, ich fühle mich viel besser!«

»Siehst du?«

»Das Rauchen war für mich ein Mittel zur Stresskompensation, aber da ich mit dir einfach so glücklich bin, brauch ich das nun nicht mehr.«

»Aber bitte, fang bloß nicht wieder damit an, wenn das Semester und somit der Stress an der

Uni beginnt!«

»Nein, Schatz, da pass ich schon auf, versprochen!«

Die Fahrzeit verging wie im Flug, sodass die beiden gegen halb sechs die Autobahn verließen und der Bundesstraße in Richtung Dubrovnik folgten. Als sie schließlich die Stelle erreichten, an der man das Hinterland verlässt und über eine Serpentinenstraße hinunter zur Küste gelangt, ging den beiden das Herz auf. Es war ein herrliches Gefühl, nach langer Fahrzeit diesen Punkt zu erreichen. Die Küste war hier zum Meer hin extrem steil abfallend.

»Mensch Bär, du hast recht, das ist ja fantastisch hier, dagegen kann man Istrien wirklich vergessen«, schwärmte Susi.

»Warte erst mal, bis wir unten sind, da ist es noch viel schöner. Das hier oben ist ja nur ein kleiner Einblick in das, was uns die nächsten Tage erwartet.«

»Ich hab keine Sekunde gezweifelt, dass es hier schön sein wird, aber jetzt bin ich so richtig überwältigt, ich freue mich so, am liebsten würde ich mit dir für immer hierbleiben!«

Sie erreichten die Magistrale, die Straße entlang der Küste. Nach einem Zwischenstopp in Baska Voda, dem nächstgelegenen Ort, wo die beiden ein ausführliches Abendessen genossen und noch einige Besorgungen für den Abend und den nächsten Tag machten, ging es jetzt auf einer engen Straße hinauf in Richtung der Gebirgskette. Die Wohnung, die die Familie Niederhuber dauerhaft gemietet hatte, lag in einem kleinen, sehr idyllischen Bergdorf am Fuße des Biokovomassives, wo die Welt noch in Ordnung zu sein schien, zumindest auf den ersten Blick. Es handelte sich um eine kleine Einliegerwohnung im alten Pfarrhof, welcher von der Kirche jedoch nicht mehr genutzt und deshalb von einem deutschen Geschäftsmann gekauft und in ein Ferienhaus umgebaut worden war. Die große Terrasse bot einen atemberaubenden Meerblick über einen gigantischen Küstenstreifen, eine herabfallende Steilküste prägte die Landschaft.

Als Tom die Tür zur Wohnung aufsperrte, rannte Susi sofort hinein, sprang auf eine der Couchen im Wohnraum und schlug ihre Beine übereinander.

»Mensch Bär, das is ja toll, noch viel schöner, als ich es mir vorgestellt habe!«

»Siehst du, für dich hab ich eben nur das Beste auf Lager! Komm auf die Terrasse, du musst den Blick genießen. In diesem Moment geht die Sonne unter, das ist gigantisch hier!«

Die beiden standen auf der Terrasse und sahen zu, wie die Sonne im Meer verschwand, die felsige Bucht erschien im Abendrot völlig schwarz. Dieses Naturereignis wurde akustisch umrahmt vom Glockengeläut der benachbarten Kirche, es war eine traumhafte Stimmung, wie man sie eigentlich nur aus Hollywoodfilmen kennt, der bis dahin romantischste Moment im Leben der beiden. Sie umarmten sich, küssten sich und hatten nun auch wieder das Verlangen nach mehr Zärtlichkeit, sodass sie, obwohl es noch sehr warm war nicht auf der Terrasse bleiben wollten.

»So, nun haben wir ein wenig Entspannung nötig«, sagte Susi, als sie nach dem Untergehen der Sonne wieder das Wohnzimmer betraten. »Du bist übrigens super gefahren, möchte ich an dieser Stelle sagen! Ich weiß überhaupt nicht, was der Felix an deinem Fahrstil auszusetzen hatte, du bist wirklich ein sehr guter, sicherer Autofahrer!«

»Ach das ist doch egal, was dieser Kasper alles gesagt hat – und danke, Maus!«

»Aber nun sind wir endlich absolut ungestört, niemand in der Nähe, der uns belästigen könnte, machen wir es uns doch einfach bequem. Und nun zu deiner Belohnung!«

Susi griff sich unter den Rock, zog ihren Slip aus und legte sich auf die Couch. Natürlich reagierte Tom sofort auf diese Reize, er öffnete den Reißverschluss ihres Kleides und half Susi dabei, herauszuschlüpfen. Sie lag nun wieder nackt und mit gespreizten Beinen auf der Couch, ihr Blick war äußerst lustvoll. Nun machte sich auch Tom daran, sich auszuziehen, seine Boxershort aber riss ihm Susi mit ihrem rechten Bein vom Leib, als er sich über sie beugte, um sie zu küssen.

»Maus, hier sind wir ganz allein, es kann uns niemand stören, fühl dich wie zu Hause. Wollen wir noch zusammen duschen, bevor wir uns einander hingeben?«

»Okay, Schatz, ich hab zwar noch nie mit einem Mann zusammen geduscht, aber warum nicht einmal was Neues ausprobieren? Mit dir probier ich alles aus, gehen wir«, sagte sie mit einem lustvollen Lächeln.

Tom fasste sie bei der Hand und zog sie in das Bad. Susi hätte nie gedacht, wie schön es ist, zu zweit unter der Dusche zu stehen, wo der Raum begrenzt ist und man sich ebenfalls extrem nahe kommen kann, und das unter sanftem Regen. Sie verbrachten so fast zwanzig Minuten gemeinsam im Bad in der Kabine. Dann kam es endlich, nach einem kurzen Vorspiel, wieder zu einem ausführlichen Liebesspiel, welches voll Lust war und sich noch oft wiederholen oder besser nie enden sollte. Aus einem anfänglichen Mitleidsurlaub mit Felix Fischhauser, welcher ausschließlich von Ärger gekrönt war, wurde schließlich ein Urlaub der Lust mit Verlängerung, die Belohnung für alle Unannehmlichkeiten. Tom hatte letzten Endes auf dieser Reise über Umwege das gefunden, was er jahrelang sehnsüchtig gesucht hatte.

Tom und Susi verbrachten zusammen noch

eine wunderbar romantische Woche bei herrlichem Wetter in einer Traumkulisse. Sie unternahmen einige Ausflüge, fanden hier und da lauschige Plätzchen, wo sie gewohnt ungestört baden konnten, und gaben sich natürlich vor allem ihrer Liebe zueinander hin. Diese gemeinsame Woche gab ihnen so viel Kraft, dass sie gestärkt nach Hause zurückkehrten.

Auch zu Hause hatten sie noch traumhafte Ferienwochen. Sie hatten beide das Abi bestanden, genossen die Freuden des Sommers und konnten somit auch ab Herbst die erste Zeit des Studiums mit Leichtigkeit meistern. Den Fischkopf hatten sie nie wieder gesehen, da dieser nicht einmal zur Abschlussfeier mit Zeugnisverleihung ging, sondern sich das Zeugnis per Post nach Hause schicken ließ. Was die beiden zum Zeitpunkt ihres Aufenthaltes in Kroatien noch nicht ahnten und erst viel später, wenige Wochen vor Studienbeginn bemerkten: Sie hatten sich zufällig für ähnliche Studiengänge an derselben Universität eingeschrieben, ohne dies voneinander zu wissen. Susi studierte Grundschullehramt, Tom Lehramt für Realschule an der Universität Passau, sodass sie auch diese Zeit mit all ihren Höhen und Tiefen gemeinsam durchleben und sich bei allen Schwierigkeiten gegenseitig unterstützen konnten. Sie nahmen sich eine gemeinsame Wohnung und hatten viel Freude am Studentenleben.

Eines war den beiden klar: Wenn ihr gemeinsames Leben auch zukünftig so verlief wie in ihrem ersten gemeinsamen Urlaub, dann hatten sie bereits das Paradies auf Erden.

Ende